EL ESPEJO DE LIDA SAL

POR

MIGUEL ÁNGEL ASTURIAS

siglo
veintiuno
editores
sa

MÉXICO
ARGENTINA
ESPAÑA

Primera edición, septiembre de 1967
Segunda edición, noviembre de 1967
© SIGLO XXI EDITORES, S. A.
Gabriel Mancera 65 - México 12, D. F.

75800

ÍNDICE

PÓRTICO

Y esto ocurre en un país de paisajes dormidos. Luz de encantamiento y esplendor. País verde. País de los árboles verdes. Valles, colinas, selvas, volcanes, lagos verdes, verdes, bajo el cielo azul sin una mancha. Y todas las combinaciones de los colores florales, frutales y pajareros en el enjambre de las anilinas. Memoria del temblor de la luz. Anexiones de agua y cielo, cielo y tierra. Anexiones. Modificaciones. Hasta el infinito dorado por el sol. Pero rompamos, rompamos ya este espacio de colores de fuego, tratando de alcanzar al tacto la dulzura de la piedra tierna que se corta para edificar ciudades, torres, dioses, monstruos, la dureza de las obsidianas, goterones de las noches más profundas, y el verde perfecto de las jadeítas. Otro tacto para las frutas. Dedos de navegaciones que rodean la redondez de cada poma enloquecida de perfume y derramada de miel. El paisaje cambia, la luz cambia, cambia el mundo de la piedra junto a las frutas tropicales, vecindad que traslada lo real, visible, palpable, a la región del oler y gustar. Nueva delicia. Para qué explicarse. Íntimas estructuras derramadas. El agua es un espejo. Alguien ha roto las historias antiguas y canta. El encuentro fortuito. La revancha. Cantar en medio de un mundo de imágenes que ya de por sí son estampas inigualables. Sólo iguales a ellas mismas. Guatemala sólo es igual a ella misma. Presencias y ausencias misteriosas. Lo que calla el enigma. No hace falta leer los jeroglíficos. Se leen las estrellas. El huracán azul no ha vuelto de las edades. Tornará y entonces, edades y estilos, mensajes y leyendas nos serán comunicados. Mientras tanto, gozad, gocemos de esta Guatemala de colores, verde

3

universo verde, herido por el primer sílice caído de los astros.

La imaginación juega. Hay relieves, pirámides, templos en las ciudades apagadas. Detenerse, imposible. El vértigo sigue al instante en que sobrecogidos, extasiados, contemplamos la ciudad de Tikal. Arroyos de ruido húmedo, voces, entrechocarse de troncos, aletear de aves, que van a dar al mar inmenso del silencio. Todo palpita, vive, se desangra en verdor sobre la inmensa lámina endurecida del Petén. Sed geológica, milenaria, no de arenas o desiertos, sino establecida bajo bosques luminosos y fragantes. ¿Por qué? ¿Por qué esta pizarra que se traga el agua, negadora de posibilidades de vida para el hombre, y estos bosques de abundancia y locura? ¡Dioses! ¡Dioses! Y desde entonces todo yuxtapuesto. Sobre pirámides, pirámides. Sobre divinidades esculpidas, duchas de jeroglíficos. El arte de volver la piedra, vapor de sueño. Todo yuxtapuesto. El idioma. La cadencia. Constancia de crecimiento mineral. El ojo no acostumbrado se equivoca. Hay un rigor de muerte debajo de tanta cosa viva. Las más bellas especies animales. Los pájaros más bellos. El quetzal. Y el de la garganta con todos los sonidos musicales, el cenzontle. Las mariposas. Calistenia de alas de orquídeas. Los reptiles de pieles de preciosas piedras. Algún cambia-colores. Algún sueña-colores. El pavo azul. Más allá, sólo el cielo. Hipótesis. Oh, frágiles hipótesis, ante este mundo auténtico, cambiante entre el parpadear de los días de un calendario no encontrado.

Un calendario de pasos. El calendario andante. La fábula del andar del tiempo con los pasos del hombre. Naturales, lógicos, existentes y sin embargo, habitantes de mundos de otras categorías. Los indios de Guatemala son como piezas de imaginería, bordados, esculpidos, pintados, recamados, mayas sobrevivientes de soles pretéritos, no de este sol en movimiento. Van y vienen por los caminos de Guatemala, con no se sabe qué de inmortales. Son inmortales en el sentido de que uno sustituye a otro en el tablero del mercado. Enjambres de palabras volanderas como abejas, en el trato. Frutas que prolongan su colorido en lo fastuoso de los trajes de las mujeres. Prisa, ninguna. El tiempo es de ellos. Meten y sacan las manos, en la oferta, de volcanes de granos dorados, de nubes de tamarindos fragantes, de noches de pimientas redondas y de las redondas condecoraciones del chocolate en tablillas, así como de las trementinas y hojas medicinales. Y de vuelta a los caminos, altos y ceremoniosos, dueños desposeídos que esperan el regreso del fuego verde.

Lo perdieron. Se los arrebataron. Les robaron el fuego verde y todo fue angustia sobre la tierra. Ni humedad ni atar de distancias. Cada quien murió donde estaba. La jungla, polvo. Todo polvo entre los dedos. Y el arenal sonriente. Piedras. Ahogo. Dedos espinosos. Largos dedos espinosos. Telescopios hechos de troncos de palmeras vacíos por dentro, para taladrar el cielo, apuntar a lo alto, preguntar a los astros por el retorno del fuego verde. Suyo será entonces lo que ahora detentan otras manos. A los mayas de Guatemala, les fue robado el fuego verde, la vegetación que les pertenecía, y por eso sus libros hablan del estallido de la insaciable sed. No fue todo dicho a la medida del agua, a la medida del viento. La brea guarda en memoria de vegetal cristalizado, el trasfondo de esa sed, y el grito de aquellas gentes, que son éstas que van y vienen por los caminos, los poblados, las calles, las plazas de Guatemala.

Ciudades. Otras ciudades. Más nuevas, bien que centenarias. Águilas bicéfalas, viruela plateresca y teologías. Imposible trasplantar a tierras de fiesta luminosa una religión de catacumba. Pobre España. Se llevó el vacío convertido en oro y dejó una tradición de sangre, saber y sentir que floreció en cruces y espadones sobre ciudades tan antiguas como ésta de Antigua Guatemala, cacofónica y medrosa.

Inmortal señorío. El regreso de los astros. La cerradura de la puerta del cielo en forma de cometa. Y el enigma el mismo. El enigma de la cauda de la greca que serpentea a través de templos, palacios, mansiones. Es peor la monotonía que el vacío. Rómperla. Embriagarse. Embriagar los muros con las decoraciones más fantásticas. No por "horror al vacío", por horror al hastío. Frisos. Dinteles. Dentelladas. Detengámonos. Entre el grano de maíz y el sol empieza la realidad carbonizada del sueño.

EL ESPEJO DE LIDA SAL

Los ríos van quedando sin resuello al decaer el invierno. Al blando resbalar de las corrientes sustituye el silencio seco, el silencio de la sed, el silencio de las sequías, el silencio de láminas de agua inmovilizada entre los islotes de arena, el silencio de los árboles que el calor y el viento tostado del verano caliente hacen sudar hojas, el silencio de los campos donde los labriegos dormitan desnudos y sin sueño. Ni moscas. Bochorno. Sol filudo y tierra como horno de quemar ladrillos. Los ganados enflaquecidos se espantan el calor con el rabo buscando la sombra de los aguacatales. Por la hierba seca y escasa, conejos sedientes, serpientes sordas en busca de agua y pájaros que apenas alzan el vuelo.

Ni qué decir, por supuesto, lo que gastan los ojos en ver tanta tierra sobreplana. Por los cuatro lados de la distancia se va la vista hasta el horizonte. Sólo fijándose bien se divisan pequeños grupos de árboles, campos de tierras removidas y caminos de esos que se forman de tanto pasar y pasar por el mismo punto y que van llevando por allí mismo, hacia ranchos con humano contento de fuego, de mujer, de hijos, de corrales donde la vida picotea, como gallina insaciable, el contento de los días.

En una de esas desesperadas horas de calor y escasez de aire, volvió a casa doña Petronila Ángela, a quien unos apelaban así y otros Petrángela, esposa de don Felipe Alvizures, madre de varón y encinta de meses. Doña Petronila Ángela hace

9

regañe por hacer cosas en el estado en que está, con ese como no hacer nada mantiene la casa en orden, todas las cosas derechas: ropa limpia en las camas, aseo en las habitaciones, patios y corredores, ojos en la cocina, manos en la costura y en el horno, y pies por todas partes: por el gallinero, por el cuarto de moler maíz o cacao, por el cuarto de guardar cosas viejas, por el corral, por la huerta, por el cuarto de aplanchar, por la despensa, por todas partes.

Su señor marido la riñe cuando la ve en tareas, quisiera que se estuviera sentada o tendida a la bartola, y eso es malo, porque los hijos salen holgazanes. Su señor marido, Felipe Alvizures, es un hombre espacioso por dentro, lo que lo hace lento en sus movimientos, y por fuera siempre enfundado en espaciosas ropas de dril. Pocas aritméticas, pues sabe sumar de corrido con maíces, y poquísimas letras, pues no hace falta saber leer, como saben muchos que jamás leen. Además, lo de espacioso por dentro lo decía ella, porque le costaba juntar las palabras. Parecía que las iba a traer una a un punto y otra a un punto más retirado todavía. Dentro y fuera de él, el señor Felipe, tenía donde moverse a sus anchas para no hacer nada a la carrera, para reflexionar cabal, cabal. Y cuando le llegue la hora, Dios guarde, decía Petrángela, si la muerte no lo acorrala, no se lo va a poder llevar.

Por toda la casa se reparte la fuerza del sol. Un sol con hambre que sabe que es la hora del almuerzo. Pero bajo los techos de teja de barro se siente más bien fresco. Contra su costumbre, Felipito, el hijo mayor, llegó antes que su padre, saltó a caballo sobre la puerta de trancas, sólo dos trancas tenía pasadas, las más altas y peligrosas, y entre el espanto de las gallinas, los ladridos de los perros y el revolotear de las palomas de castilla, después de una ida y venida a velocidad de relámpago, sentó el caballo entre las chispas arrancadas del choque de las herraduras en las piedras del patio, y soltó una risotada.

—¡Qué sin gracia, Felipito... ya sabía que eras vos!

A su madre no le gustaban esas vistosidades. El caballo con los ojos brillantes y la boca espumosa, y Felipito ya en tierra abrazando y contentando a su señora madre.

Al poco rato llegó su padre montado en un macho negro, al que llamaban "Samaritano", por manso. Bajóse de la cabalgadura, pacienzudamente, a botar las trancas de la puerta que Felipito había saltado, las colocó de nuevo y entró sin ruido, apenas el tastaceo de los cascos del "Samaritano" al cruzar el empedrado de frente el apeadero.

Almorzaron callada la boca, viéndose como si no se vieran. El señor Felipe veía a su mujer, ésta a su hijo, y el hijo a sus padres que devoraban tortillas, rasgaban la carne de una pierna de pollo con los dientes filudos, tomaban agua a grandes tragos para que les pasara de la garganta la masa de una sabrosa yuca colorada.

—Dios se lo pague, señor padre...

El almuerzo terminó, como siempre, sin muchas palabras, entre el silencio de todos y las consultas de Petrángela a la cara y el movimiento de las manos de su esposo, para saber cuándo éste había concluido el plato y pedir a la sirvienta lo que seguía.

Felipito, después de agradecer a su padre, acercóse a su madre con los brazos cruzados sobre el pecho, baja la cabeza, y repitió:

—Dios se lo pague, señora madre...

Y todo concluyó con don Felipe en la hamaca, su mujer en una silla de balancín y Felipito en un banco, en el que seguía montado a caballo. Cada quien en sus pensamientos. El señor Felipe fumaba. Felipito no se animaba a fumar en la cara de su padre y se le iban los ojos tras el humo, y Petrángela, se hamaqueaba, dándose movimiento con uno de sus pequeños pies.

2

Lida Sal, una mulata más torneada que un trompo,
seguía con la oreja, no en lo que hacía, sino en la
cháchara del ciego Benito Jojón y un tal Faluterio
encargado de la fiesta de la Virgen del Carmen. El
ciego y Faluterio habían terminado de comer y estaban para irse. Esto ayudaba a que Lida Sal escu-
chara lo que hablaban. Los lavaderos de platos y
trastos sucios estaban casi a la par de la puerta
que la comedería tenía sobre la calle.

—Los "Perfectantes" —decía el ciego, ensayando
gestos igual que si se arrancara de las arrugas de la
cara, molestias de telaraña— son los mágicos, y
cómo va a ser eso que usted me dice, cómo no se
van a encontrar candidatas máxime ahora que los
hombres andan tan ariscos. Sí, amigo Faluterio, hay
poca boda y mucho bautizo, lo que no está bueno.
Mucho solterón con cría, mucho solterón con cría...

—¿Qué es lo que usted quiere?, y le formulo la
pregunta así a boca de jarro para que me diga su
cabalidad en este asunto, y pueda yo conversarlo
después con los otros miembros de la cofradía de
la Santísima Virgen. Ya la fiesta está encima, y si
no hay mujeres que se hagan cargo de los vestidos
de los "Perfectantes", pues se hará como el año
pasado, sin mágicos...

—Hablar nada cuesta, Faluterio, hacer es más
trabajoso. Si a mí me dan la caridad de ocuparme
de los trajes de los "Perfectantes", tal vez encuentre candidatas, hay mucha mujer casadera, Faluterio, mucha mujer en edad de su merecimiento.

—Es difícil, Benito, es difícil. Creencias de antes. Hoy con lo que la gente sabe, quién va a creer
en semejante cochinada. De mi parte y de parte de
todos los del comité de la fiesta patronal, creo que
no habrá inconveniente en dar a usted, que es nece-
sitado y no puede trabajar por ser ciego, los ata-
víos de los "Perfectantes".

12

—Sí, sí, yo daré pasos para repartirlos, y así no se acaban las cosas de antes.

—Me voy, lo dejo, y tenga por hecho lo ofrecido.

—Le tomo la palabra, Faluterio, le tomo la palabra, y voy a buscar por donde Dios me ayude.

La mano fría y jabonosa de Lida Sal abandonó el plato que estaba lavando, se posó en el brazo del ciego, en la manga de su saco que de tanto remiendo era un solo remiendo. Benito Jojón cedió al ademán afectuoso, detuvo el paso, pues él también iba hacia su casa que era la plaza toda, y preguntó quién le retenía.

—Soy yo, Lida Sal, la muchacha que friega los platos aquí en la comidería.

—Sí, hija, y qué se te ofrece...

—Que me dé un consejo nuevo...

—¡Ja! ¡Ja!, entonces vos sos de las que creen que hay consejos viejos...

—Y mismito por eso, yo lo quiero nuevo. Un consejo que invente sólo para mí, que no se lo haya dado a ninguna otra, que ni siquiera lo haya pensado. Nuevo, qué se entiende, nuevo...

—Veamos, veamos, si puedo...

—Se trata, ya sabe usted...

—No, no sé nada...

—Que estoy, ¿cómo le dijera?, que estoy algo prendada de un hombre y éste ni siquiera me vuelve a ver...

—¿Es soltero?

—Sí, soltero, guapo, rico... —suspiró Lida Sal—, pero qué se va a fijar en mí, friega trastes, si él es una gran cosa...

—No te dés más trabajo. Sé lo que querés, pero como me has dicho que eres fregona, me cuesta pensar en que te alcance para dar la limosna de uno de los trajes de los "Perfectantes". Son muy caros...

—Por allí no se aflija. Tengo alguito, si no es mucho lo que cuesta la limosna. Lo que yo quiero saber es si usted se compromete a darme uno de esos vestidos mágicos y va donde el ingrato ése a que se lo ponga el día de la patrona. Que se vista de "Perfectante" con el traje que yo le mande, eso es lo principal. Lo demás corre por cuenta de la magia.

—Pero, hija, si además de no ver, no sé dónde encontrar al caballero ése que te has prometido, de que te has prendado, pues estoy doblemente ciego.

Lida Sal se inclinó hasta una de las grandes orejas rugosas y peludas y mugrientas del ciego, y le dijo:

—Donde los Alvizures...

—Ah... ah...

—Felipito Alvizures...

—Veo claro, veo claro... quieres hacer un buen casamiento...

—¡No, por Dios! ¡Acuérdese que es ciego y no puede ver claro, si lo que ve en mi amor es el interés!

—Entonces, si no es por interés, es porque te lo pide el cuerpo...

—No sea animalón. Me lo pide el alma, porque si me lo pidiera el cuerpo me sudaría al verlo, y no sudo cuando lo veo, por el contrario, me quedo como si no fuera yo, y suspiro.

—Eso está bueno. ¿Cuántos años tenés?

—Diez y nueve voy a cumplir, pero yo digo que tal vez van a ser veinte. ¡Épale, quite la mano de allí... ciego y todo tanteando cómo es el bulto!

—Cerciorarme, hijita, cerciorarme de cómo andás de carnes...

—¿Va a ir donde los Alvizures?... ¡eso es lo que me interesa!

—Hoy mismo... ¿Y qué es esto que me has clavado en el dedo? ¿Es un anillo?

—Es un anillo de oro, vale lo que pesa...

—Qué bueno... qué bueno...

—Y se lo doy a cuenta de lo que haya que pagar por la limosna del traje de "Perfectante".

—Sos práctica, niña, pero no puedo ir adonde los Alvizures, sin saber siquiera cómo te llamas...

—Lida Sal...

—Lindo nombre, pero no es cristiano. Me voy a donde me manda tu corazón. Ensayaremos la magia. Como a estas horas están las carretas del señor

Felipe cargando o descargando leña en el mercado, me sentaré en una de ellas, ya lo he hecho otras
veces, y allá me tendrán de visita en busca de Felipito.

3

El ciego le quiso besar la mano a doña Petronila Ángela, pero ésta la escabulló a tiempo y en el aire
quedó el chasquido. No le gustaban los besuqueos
y por eso se le caían mal los perros.

—La boca se hizo para comer, para hablar, para
rezar, Jojón, y no para andarse comiéndose a la
gente. ¿Venía en busca de los hombres? Por allí están en las hamacas. Déme la mano, lo llevo para
que no se vaya a caer. ¿Y qué le dio por dejarse
venir tan de repente? Por fortuna usted sabe que
las carretas están a su entera disposición y que ésta
es su casa.

—Sí, Dios se lo pague, mi señora, y si eché el
viaje sin avisarles antes, es porque el tiempo se nos
está entrando y hay que ganarle la delantera para
preparar bien la fiesta de la Santísima Virgen.

—Tiene razón, ya casi estamos en vísperas del
gran día, y tan pronto ¿verdad? si parece que no
hubiera pasado un año.

—Y ahora se hacen preparativos muy mejores
que los del año pasado. Viera usted...

El señor Felipe en una hamaca y Felipito en otra,
se mecían mientras iba cayendo el sol. El señor
Felipe fumaba tabaco con olor a higo y Felipito, por
respeto, se conformaba con ver formarse y deshacerse las nubes del humo perfumado en el aire
tibio.

La Petrángela se llegó hasta ellos conduciendo a
Jojón de la mano y, ya cerca de las hamacas, les
anunció que tenían visita.

—No es visita —corrigió el ciego—, es molesta...

—Los amigos nunca molestan —adelantóse a de-

15

cir el señor Felipe al tiempo de sacar una de sus cortas piernas de la hamaca, para sentarse.

—¿Se lo trajeron los carreteros, Jojón? —preguntó Felipito.

—Así es niño, así es. Pero si tuve cómo venirme, no se cómo me voy a ir de aquí.

—Yo le ensillo un caballo y me lo llevo —contestó Felipito—. Por eso no tenga cuidado...

—Y si no, se queda con nosotros...

—¡Ay, mi señora, si fuera cosa, me quedaba, pero tengo boca, y ya sabe que prendas con boca, molestan siempre!

El señor Felipe, mientras tanto, estrechó la mano del ciego, tan llena de oscuridades, y le condujo a una silla que había traído Felipito.

—Le voy a poner un cigarro en la boca —dijo el señor Felipe.

—No me pida permiso, señor, para dar gustos no se pide permiso...

Y ya fumando a pulmón batiente, siguió Jojón:

—Les decía que no era visita la mía, sino molesta. Y así es, pura molesta. Vengo con la embajada de ver si Felipito quiere ser este año el jefe de los "Perfectantes".

—Ésa es cosa de él —dijo el señor Felipe Alvizures, haciendo señas a Petrángela que se acercara y al acercarse aquélla, la tomó de la cintura inabarcable con sólo un brazo, para quedar juntos, atentos al hablar del ciego.

—Algo tramado está eso... —reaccionó Felipito, soltando un chisquete de saliva que brilló en el piso. Cada vez que se ponía nervioso escupía así.

—No es puñalada de pícaro —adujo Jojón—, pues hay tiempo para pensarlo bien y resolver despacio, siempre que sea pronto, pues ya la festividad se viene, y afíjese, niño, que hay que probarle el vestido, para que le quede bien y coserle en las mangas los galones de Príncipe de los "Perfectantes".

—No creo que haya mucho que pensarlo —decidió la ejecutiva Petrángela—, Felipito está ofrecido a la Virgen del Carmen, y qué mejor oportunidad para rendirle culto, que participar en su fiesta principal.

—Eso sí... —articuló Felipe hijo.

—Entonces —terció el padre buscando palabras—, no hay mucho que pensarlo ni más que hablar —y siempre sin encontrar cómo decir las cosas—: ¡Vido que no hizo el viaje de balde señor Benito? Y si ahora, como decías, lo vas a llevar montado, en el pueblo te podés aprobar el vestido que te quede mejor, por si hay que hacerle algunos acomodos.

—Por lo pronto los galones de Príncipe —dijo Jojón—. El vestido hasta después se lo voy a traer para que se lo pruebe, porque no me lo han dado.

—Sea... —aceptó Felipito—, y para no perder tiempo voy a ver si hallo un macho manso, antes de que se nos entre la noche.

—¡Espere, Don preciso! —le detuvo la madre—, vamos a que Jojón tome un su buen chocolate...

—Sí, sí, madre, ya sé, pero mientras él toma el chocolate, yo busco el macho y lo ensillo. Se hace tarde... —y ya fue saliendo hacia los corrales—, se hace tarde y oscurece, aunque a un ciego lo mismo le da andar de día que de noche... se dijo Felipito para él solo.

4

La comedería estaba apagada y silenciosa. Poca gente de noche. Todo el movimiento era a mediodía. Así que hubo espacio y anchura para que el ciego, muy del brazo de Felipito Alvizures, entrara a sentarse en una de las mesas, y para que dos ojos fijaran en éste sus pupilas negras, llenas de una luz de esperanza.

—Se sirven de algo —acercóse a preguntar Lida Sal, frotando la mesa de madera vieja, gastada por los años y las intemperies, con una servilleta.

—Un par de cervezas —contestó Felipito—, y si hay panes con carne, nos da dos.

La mulata perdía por momentos la seguridad del piso, lo único seguro que tenía bajo los pies. Estaba en un sofoco que disimulaba mal. Cada vez que podía frotaba sus brazos desnudos y sus senos firmes, temblantes bajo la camisita, en los hombros de Felipe. Pretextos para acercársele no faltaban: los vasos, la espuma derramada del vaso del ciego, los platos con los panes con carne.

—Y usted —preguntó Alvizures al ciego— dónde pernocta, porque ya lo voy a ir dejando.

—Por aquí. Aquí mismo en la comidería me dan posada a veces ¿verdad Lida Sal?

—Sí, sí... —fue todo lo que ésta pudo decir, y más le costó formar con sus labios la cifra del valor de las cervezas y los panes.

En la mano hecha hueco, hueco en el que sentía el corazón, apretó las moneditas calentitas que le pagó Alvizures, calentitas de estar en su bolsa, en contacto de su persona, y sin poder resistir más, se las llevó a los labios y las besó. Luego de besarlas se las frotó en la cara y las dejó caer entre sus senos.

Por la oscuridad sin ojos, esa oscuridad de las noches que empiezan y acaban negras, color de pizarra, trotaba el caballo de Felipito Alvizures que se alejaba seguido del andar sonzón del macho en que había venido montado el ciego.

Y qué difícil romper a hablar en medio de tantas cosas tan calladas.

—Sosiego, don ciego —le salió el juego de palabras, tan de fiesta tenía el alma—, no es cosa de andar palpando...

—La mano te quiere apretar, malpensada, para que me sintás el anillo que desde hoy me diste, en el dedo, ya como cosa mía, pues trabajo me ha costado ganármelo, trabajo y maña. Mañana tendrás aquí el vestido de "Perfectante" que lucirá Felipito en la fiesta.

—Y qué debo hacer...

—Hija, dormir con el vestido bastantes noches, para que lo dejés impregnado de tu magia, cuando

uno duerme se vuelve mágico, y que así al ponér-
selo él para la fiesta, sienta el encantamiento, y te
busque, y ya no pueda vivir sin verte.

Lida Sal se quiso agarrar del aire. Se le fue la
cabeza. Apretó la mano en el respaldo de una silla,
con la otra mano se apoyó en la mesa, y un sollozo
cerrado le llegó a los labios.

—¿Llorás?

—¡No! ¡No! ... ¡Sí! ¡Sí!

—¿Llorás o no llorás?

—Sí, de felicidad...

—Pero ¿tan feliz sos?...

¡Sosiego, don ciego, sosiego!

La teta caliente de la mulata se le fue de la mano
al viejo, mientras aquélla sentía que las monedas
con que le pagó Felipito Alvizures escurríansele de
los senos hacia el vientre, igual que si su corazón
estuviera ya soltando pedazos de metal caliente,
emitiendo dinero para acabar de cubrir a Jojón la
limosna del traje mágico.

5

No había disfraz más vistoso que el del "Perfectante". Calzón de Guardia Suizo, peto de arcángel,
chaquetilla torera. Botas, galones, flecos dorados,
abotonaduras y cordones de oro, colores firmes y
tornasolados, lentejuelas, abalorios, pedazos de cristal con destellos de piedras preciosas. Los "Perfectantes" brillaban como soles entre las comparsas
que acompañaban a la Virgen del Carmen, durante
la procesión que recorría todas las calles del pueblo, las principales y las humildes, pues nadie era
menos para que no pasara por su casa la Gran Señora.

El señor Felipe movió la cabeza de un lado a
otro. Pensándolo bien, no muy le gustaba que su
hijo vistiera aquella rimbombancia, pero, como ponerse en contra habría sido herir los sentimientos

19

religiosos de la Petrángela, más despiertos ahora que estaba encinta, disimuló su desagrado con una broma que su consorte encontró de mal gusto.

—Tan prendado estaba yo de tu señora madre cuando nos casamos, Felipito, que la gente contaba que ella había dormido siete noches seguidas con el traje con que yo salí de "Perfectante", hará unos veintisiete, treinta años tal vez...

—¡Nunca salió de "Perfectante" tu padre, hijo, no le creás!... —lo contradijo ella, temerosa y apesarada.

—Pues entonces debaldito dormiste con el traje... —rió Alvizures, hombre de pocas risas, y no porque no le gustara reírse, era sabroso reírse, sino porque desde que se casó decía—: la risa se queda en la puerta de la iglesia donde uno se casa, donde empieza el viacrucis...

—Eso de que yo te magié para que te casaras conmigo, es pura invención tuya... Si saliste de "Perfectante", quién sabe por quien otra...

—¿Otra?... Ni veinte leguas a la redonda... —y rió, rió de muy buena gana, invitando a reírse a Felipito—: ¡Reíte, hijo, reíte, aún sos soltero. El reír y la risa son privilegios de la soltería. Cuando te casés, cuando alguna duerma con el vestido de "Perfectante" que te toque lucir en la fiesta, adiós risa para siempre. Los casados no nos reímos, hacemos como que nos reímos, lo que no es lo mismo... la risa es atributo de la soltería... de la soltería joven ¿eh? porque los solterones viejos tampoco se ríen, enseñan los dientes...

—Tu padre todo lo enreda, hijo... —reaccionó la Petrángela—. La risa es de los jóvenes, casados o solteros, y no de los viejos, y a él le entró el viejo, qué culpa tenemos, le entró el viejo...

La Petrángela no concilió el sueño esa noche. Asomaban a su conciencia aquellas noches en que en verdad durmió con el traje de "Perfectante", que el señor Felipe Alvizures vistió en la fiesta hará treinta años. Tuvo que contradecirlo ante su hijo, porque hay secretos que no se revelan ni a los hijos. No secretos, intimidades, pequeñas intimidades. No amanecía. Sintió frío. Trajo los pies al amor de la cobija. Apretó los párpados. Imposible volver a dormirse. El sueño andaba ausente de sus ojos, temía que a esa hora, en víspera de la fiesta de Nuestra Señora del Carmen, alguna estuviera durmiendo con el traje de "Perfectante" que luciría Felipito, para impregnarlo de su sudor mágico y que por este arte lo sedujera.

—¡Ay, Señora del Cielo, Virgen Santísima!... —mascullaba—, perdoná mis temores, mis supersticiones, sé que son estúpidos... que son sólo creencias, creencias sin fundamento... pero es mi hijo... mi hijo!

Lo efectivo sería evitar que saliera de "Perfectante". Pero cómo evitarlo, si había aceptado e iba a figurar como Príncipe de los "Perfectantes". Sería desorganizarlo todo y luego que ella, ante su esposo, fue la que dispuso que Felipito aceptara.

No amanecía. No cantaban los gallos. La boca seca. El pelo entelarañado en su cara de tanto buscar el sueño en la almohada.

—¿Qué mujer, Dios mío, qué mujer estará durmiendo con el traje de "Perfectante" que llevará mi Felipito?

6

Lida Sal, más pómulos que ojos de día, pero de noche más ojos que pómulos, arrastraba las pupilas de un lado a otro de la pieza en que dormía y al asegurarse que estaba sola, que sólo la gran oscuridad era su compañera, la puerta bien atrancada, la puerta y un ventanuco que daba a la más ciega despensa, quedábase fríamente desnuda, paseaba sus manos de piel escamosa por la fregadera de los trastes, a lo largo de su cuerpo fino, y seca la garganta por la congoja, y húmedos los ojos, y temblorosos los muslos, se enfundaba el traje de "Perfectante", antes de echarse a dormir. Pero más que

dormir, era privazón la que le iba paralizando e
cuerpo, privazón y cansancio que no impedían qu
en voz baja, medio dormida, le conversara al trapo
le confiara a cada uno de los hilos de colores, a la
lentejuelas, a los abalorios, a los oros, sus sent
mientos amorosos.

Pero una noche no se lo puso. Lo dejó bajo s
almohada hecho un molote, triste porque no ten í
un espejo de cuerpo entero para vérselo enfundado
no porque le importara saber cómo le quedaba, s
corto, si largo, si follado, si estrecho, sino porqu
era parte de la premagia, vestírselo y vérselo puest
delante de un gran espejo. Poco a poco lo fue sa
cando de bajo la almohada, mangas, piernas, espal
da, pecho, para acariciarlo con sus mejillas, po
sarle encima la frente con sus pensamientos, besar
lo con menudos chasquidos...

Muy de mañana vino Jojón por su desayuno
Desde que andaba en connivencias con ella, comía a
su apetito, siempre a espaldas de la patrona, que e
esos días poco estaba en la comidería, pues andab
haciendo los preparativos para poder dar cumpli
miento con la clientela y los forasteros, durante lo
días de la fiesta.

—La desgracia de ser pobre —se quejó la mu
lata—, no tengo espejo grande para verme...

—Y eso sí que es urgente —le contestó el cie
go—, porque por allí te puede fallar la magia...

—Y qué hacer, sólo que me fuera a meter como
ladrona, a una casa rica, a media noche, vestida d
"Perfectante". Estoy desesperada. Desde anoche
estoy que no sé qué hacer. Aconséjeme...

—Es lo que no sé... La magia tiene sus consis
tencias...

—No entiendo lo que me quiere decir...

—Sí, porque la magia consiste en esto o consiste
en aquello, pero siempre consiste en algo, y .er
este caso, consiste en vestir de "Perfectante" y ver
se en un espejo de cuerpo entero.

—Y usted siendo ciego, cómo sabe de espejos..

—No soy ciego de nacimiento, hijita. Perdí la
vista ya de grande, culpa de un mal purulento que

me carcomió los párpados, primero, y luego se me fue adentro.

—Sí, en las casas grandes, hay grandes espejos... allí donde los Alvizures...

—Diz que hay uno muy hermoso donde los Alvizures y hasta se cuenta... No, no es picardía... Bueno, pero tal vez con eso te puedo dar una esperanza. Por eso te lo referiré, no por chismoso. Hago la salvedad para cuando seás su nuera. Se cuenta que como la madre de Felipito, doña Petrángela, no tuvo espejo donde verse cuando hechizó a su marido, el día que se casó llevaba el traje de "Perfectante" bajo el vestido de novia, y al decirle don Felipe que se desvistiera, se quitó el traje blanco y en lugar de aparecer desnuda, resultó de "Perfectante", sólo para cumplir el rito, para cumplir con la magia...

—¿Y así se desnudan los casados?

—Sí, hija...

—¿Entonces usted fue casado?

—Sí, y como aún no me había carcomido los ojos, el mal, pude ver a mi mujer...

—Vestida de "Perfectante"...

—No, hija, en cuero de Eva...

Lida Sal retiraba el tazón en que acababa de tomar café con leche el ciego y sacudía las migas de pan sobre la mesa. No fuera a venir la patrona.

—No sé dónde, pero tenés que buscar un espejo para verte de cuerpo entero vestida de "Perfectante"... —fueron sus últimas palabras. Esa vez se le olvidó advertirla que el plazo para devolver el vestido se iba acercando, que ya la fiesta estaba encima, y que había que llevar el traje a donde los Alvizures.

7

Estrellas casi náufragas en la claridad de la luna, árboles de color verdoso oscuro, corrales olorosos

23

a leche y a sereno, montones de heno hacinado en el campo, más amarillo a la luz del plenilunio. La tarde se había quedado mucho. Se había ido afilando hasta no ser sino un reflejo cortante justo donde el cielo ya era estrellado. Y en ese filo cortante, azulenco, rojizo, rosa, verde, violeta de la tarde, tenía Lida Sal los ojos fijos, pensando en que se llegaba el plazo de devolver el vestido.

—Mañana último día que te lo dejo —le advirtió Jojón—, pues si no se los llevo a tiempo, lo echamos a perder todo...

—Sí, sí, no tenga cuidado, mañana se lo entrego, hoy me veo en el espejo...

—En el espejo de tus sueños será, hijita, porque no veo dónde...

El filo luminoso de la tarde le quedó a Lida Sal en las pupilas, como la rendija de un imposible, como una rendija por donde podía asomarse al cielo.

—¡Sabandija maldita!... —vino a tirarla del pelo la dueña de la comedería—. ¡No te da vergüenza, con todo el trasterío sin lavar! Hace días que andas pululando como loca y no te anda la mano.

La mulata se dejó tirar la greña y pellizcar los brazos sin contestar. Un momento después, como por ensalmo, amainó el regaño. Pero era peor. Porque al palabrerío insultante siguieron jaculatorias y adoctrinamientos.

—Ya viene la fiesta y la señorita ni siquiera me ha pedido para hacerse una mudada nueva. De lo que te tengo debías comprar un vestido, unos zapatos, unas medias. No es cuento de presentarte en la iglesia y en la procesión como una pobre chaparrastrosa. Da vergüenza, qué van a decir de mí que soy tu patrona, lo menos que te tengo con hambre o que me quedo con tus mesadas.

—Pues, si le parece, mañana me da y salgo a comprar algo.

—Pues, claro, niña, agrado quiere agrado. Vos me agradás con el oficio, y yo te agrado comprándote lo que te hace falta. Y más que sos joven y no sos fea. Quién te dice que entre los que vienen a vender ganado a la fiesta, no te sale un buen partido.

Lida Sal, la oía como no oírla. Fregaba sus trastos, pensando, rumiando lo que había imaginado frente a la última rendija de la tarde. Lo más duro era fregar los sartenes y las ollas. Qué infelicidad. Tenía que rasparlas a muñeca con piedra pómez hasta quitarles la mantecosidad del fondo y luego, por fuera, batallar con el hollín también grasiento.

El esplendor de la luna no permitía pensar que era de noche. Sólo parecía que el día se había enfriado, pero que seguía igual.

—No queda lejos —se dijo dando forma verbal a su pensamiento— y es un aguaje bien grande, casi una laguneta.

No se quedó mucho en su cuarto. Había que estar de regreso al amanecer y entregar el traje de "Perfectante" al ciego, para que lo llevara a casa de los Alvizures... ah, pero antes tenía que vérselo ella en un gran espejo, la magia tiene sus consistencias...

Al principio, el campo abierto la sobrecogió. Pero luego fue familiarizando los ojos con las arboledas, las piedras, las sombras. Veía tan claro por donde iba, que le parecía andar a la luz de un día sumergido. Nadie la encontró con aquel vestido raro, si no hubiera echado a correr, como ante una visión diabólica. Tuvo miedo, miedo de ser una visión de fuego, una antorcha de lentejuelas en llamas, un reguero de abalorio, de chispas de agua que integrarían una sola piedra preciosa con forma humana, al llegar y asomarse al lago vestida con el traje que luciría Felipito Alvizures en la fiesta.

Desde las pestañas de un barranco oloroso a derrumbes, entre raíces desenterradas y piedras removidas, contempló el ancho espejo verde, azul y hondo, entre cendales de nubes bajas, rayos lunares y sueños de oscuridad. Se creyó otra. ¿Era ella? ¿Era Lida Sal? ¿Era la mulata que fregaba los trastes en la comedería, la que bajaba por aquel

camino, en aquella noche, bajo aquella luna, co[n]
aquel vestido de fuego y de rocío?

De lado y lado iban rozándole los hombros la[s]
pestañas de los pinos, flores sonámbulas de perfu[me]
me dormido le mojaban el cabello y la cara co[n]
besos de pocitos de agua.

—¡Paso! ¡Paso!... —decía al avanzar por entr[e]
bosques de árboles de jenjibre, fragantes, enloque[ce]
cedores.

—¡Abran paso! ¡Abran paso!... —repetía a[l]
dejar atrás rocas y piedras gigantescas rodada[s]
desde el cielo, si eran areolitos, o desde la boca d[e]
un volcán en no remoto cataclismo, si eran de l[a]
tierra.

—¡Paso! ¡Paso!... —a las cascadas...

—¡Campo y anchura para que pase la hermo[.]
sura! —a los regatos y arroyos que también iba[n]
como ella a verse al gran espejo.

—¡Ah! ¡Ah!, a ustedes se los traga —les decía—
y a mí no me va a tragar, sólo me va a ver, me va a
ver vestida de "Perfectante", para que se cumplan
cabales las consistencias de la magia.

No había viento. Luna y agua. Lida Sal se arri[.]
mó a un árbol que dormía llorando, mas al punto
se alejó horrorizada, tal vez era de mal agüero
asomarse al espejo junto a un árbol que lloraba
dormido.

De un lado a otro de la playa fue buscando sitio
para verse de cuerpo entero. No lograba su ima[.]
gen completa. De cuerpo entero. Sólo que subier[a]
a una de las altas piedras de la otra orilla.

—Si me viera el ciego..., pero qué tontería,
cómo podía verla un ciego... Sí, había dicho una
tontería y la que tenía que mirarse era ella, mi[.]
rarse de pies a cabeza.

Ya estaba, ya estaba sobre una roca de basalto
contemplándose en el agua.

¿Qué mejor espejo?

Deslizó un pie hacia el extremo para recrearse
en el vestido que llevaba, lentejuelas, abalorios,
piedras luminosas, galones, flecos y cordones de
oro y luego el otro pie para verse mejor y ya no

se detuvo, dio su cuerpo contra su imagen, choque del que no quedó ni su imagen ni su cuerpo.

Pero volvió a la superficie. Trataba de salvarse... las manos... las burbujas... el ahogo... había vuelto a ser la mulata que peleaba por lo inalcanzable... la orilla... ahora era la orilla lo inalcanzable...

Dos inmensas congojas...

Lo último que cerró fueron las inmensas congojas de sus ojos que divisaban cada vez más lejos la orilla del pequeño lago llamado desde entonces el "Espejo de Lida Sal".

Cuando llueve con luna flota su cadáver. Lo han visto las rocas. Lo han visto los sauces que lloran hojas y reflejos. Los venados, los conejos lo han visto. Se telegrafían la noticia, con la palpitación de sus corazoncitos de tierra, los topos, antes de volver a sus oscuridades.

Redes de lluvia de plata parpadeante sacan su imagen del espejo desazogado y la pasean vestida de "Perfectante" por la superficie del agua que la sueña luminosa y ausente.

JUANANTES,
EL ENCADENADO

No le enrostró nada (conversación con ojos, con manos), la Cardenala Cifuentes. No eran palabras. Las suyas no eran palabras. No atinaba a responder nada. Eran sonidos articulados a su angustia, al frío de su espinazo, a la carne de gallina que por momentos lo convertía en una regadera de poros gordos. Le comían el cuerpo, la cabeza, las palmas de las manos. ¿Por qué, por qué no le contestaba a la Cardenala? Palabras. Pocas. Muy pocas. Gusanos medidores a través de largos silencios. Después de todo. Eso se dice cuando se suman los sucesos más dispares, emparentados, sin embargo, entre sí, por no se sabe qué fatalidad. El diluvio del llanto. Alguna vez lloró. Antes. La Cardenala se lo echaba en cara. Pero esa vez ella también lloró. Sola. Después que él se fue. No se fue, se durmió. Es igual. Soltar el llanto, ahogándose, para no despertarlo con los sacabocados de los sollozos. Y entredecirse cosas paladeándolas. Si el Ángel la hubiera ayudado. El Ángel Custodio. Naturalmente, nada sobrenatural, si el Ángel Custodio la hubiera ayudado, naturalmente...

En la naturaleza pasan las cosas. Mentira que sea en otra parte. Sólo que aquello fue como un mal sueño. Las mujeres somos estúpidas. ¿Las mujeres? No sé si las otras, pero yo soy la estupidez con faldas. Haberme empeñado en ir con él a esa cábala o martingala. Lo habían citado al monte, mientras estaba borracho. Ese día tomó aguardiente porque tuvo ganas. No acostumbraba a beber. Pero ese día bebió. No se iba a quedar con las ganas. Pero fueron unas ganas especiales, como él explicaba, porque físicamente el licor le repugnó, su olor, su color, su peso de clara de huevo, aunque mentalmente, por algo interno, una como desazón, lo necesitaba, igual que la luz, igual que el habla.

El caso es que se tomó sus tragos, sin motivo, y aquí está la raíz de la cábala o quién sabe cómo llamar a ese enigma. Tal vez se le podría llamar.. No, no, así no... Pero es cábala, porque es enigma... Es, las dos cosas... Vaya, con lo que sea. Lo cierto es lo que salió. El aguardiente lo emborrachó y estaba más allá de sus sentidos, cuando oyó que lo llamaban, y ella, por estúpida, lo indujo ir al encuentro de su perdición. Si el Ángel Custodio la hubiera ayudado. Si les hubiera salido al paso, con su espada de fuego, cuando iban como dos sombras friolentas arrastrándose por un camino lodoso, después de la lluvia. Sólo que allí empezaron unas como visiones extrañas. La lluvia había dejado el aire cuadriculado. Todo lo "notaban", la Cardenala empleaba la palabra "notar" por mirar, a través de cuadraditos, igual que un dibujo cuadriculado.

El viento sabía a vinagre de hojas ácidas. Nadie los empujaban. Ellos. Sus pies. Pero por qué sus pies les obedecían. Veces hay en que los pies no debían obedecer. Si el Ángel Custodio sale y les echa zancadilla. Caen y tal vez reflexionan, se detienen. Pero marchaban como enloquecidos. Uno tras otro. Juan —antes (no era su nombre y era su nombre. Se llamaba Juan, pero nació antes que un hermano gemelo que nació muerto, y por eso le quedó "Juanantes"), iba como se camina en los sueños, despedazándose en algodón dormido, ese algodón de la noche mojada, sin estrellas, ácida, con acidez de hojas mojadas. Y ella detrás, igual que una espuela de maldición aguijoneándolo, para que no se regresara, para que no se acobardara, ya que habían tomado la resolución de que Juanantes acudiera a la cita. Hombre es hombre, no es cualquier cosa. Y Juanantes debía probarlo. Probárselo a la Cardenala. La esperanza de que fuera al encuentro de su dicha, de la dicha para los dos, de alguna luz buena. La tierra está llena de luces buenas y luces malas. Y el todo era que les saliera una buena lumbre. El bienestar luminoso. Los que lo han sentido, dicen que es algo correlativo al paraíso terrenal. Sin duda. Así lo explicaba la Antonia. No lo supo por ella. Era su enemiga. Sino por la Sabina. Y no por la Sabina, directamente, sino por su cuñada Luciana. Por ella lo supo. Cuando la luz que se encuentra es buena, baila igual que un trompo sobre la hierba, uno la nota y no da crédito a sus ojos al tiempo que el cuerpo se le va llenando de contento. Es la luz de larga vida, de buena salud, de buenas noticias, de buenos negocios. No se tienta, pero se agarra. No se siente, pero embadurna. Y se goza, se goza de ella entre dos infinitos, ratito en que se deja de ser mortal, en el que la muerte no puede llegar.

Si encontraran la luz buena. La Cardenala estaba segura que sí. Y por eso lo aguijoneaba, igual que una espuela con dientes y con pelos y palabras estúpidas. Ella detrás, Juanantes no se regresaría, no se acobardaría, y enfrentaría su destino. Cualquiera que fuera... No, ella no dudó, como que se llamaba Cifuentes, la Cardenala Cifuentes, que encontrarían la luz buena, la felicidad, la dicha, el bienestar, el regocijo, todo eso que es más que todo

¿Por qué si otros la habían hallado, se les iba a negar a ellos la luz buena? Eso, eso. Y a no detenerse, a cruzar rápidamente esos primeros bosquecitos de pino colorado, poco vestido, de troncos y ramajes desnudos.

Juanantes, adelante, sin hablar. Ella, detrás, sin hablar. Ningún temor y todos los temores. Los pasos. A veces se oían sus pasos como sapos que caían en el lodo. Pájaros nocturnos, conejos que corrían al sentir pasar los bultos, el ruido cosquilloso de alguna víbora, palabra que no decía la Cifuentes, pues siempre a las culebras las llamaba "animales". Peligro, peligro. Pensarlo la estremeció. Si en lugar de la luz buena, encuentran el gran culebrón que sale de la tierra en las noches oscuras. Pero, no podía ser. Juanantes, en su borrachera, oyó bien que lo llamaban, que le daban cita, junto a una hoguera, prendida en pleno monte. Debía acercarse a la hoguera, inclinarse a recoger algo, antes que el fuego lo quemara, seguir el mandato que le hacían. Probablemente era un tesoro el que les esperaba. Y por eso también marchaban tan ligero, a riesgo de caer y romperse una pierna o un pie...

Cuesta arriba. No sólo lo empinado, sino lo resbaloso. Esa lluvia fina que deja el suelo como ensalivado. El menor ruido, para ellos, sobre todo para la Cardenala Cifuentes, era una señal. Mucho animal salvaje corretanteando en la noche. Vagabundos ojos luminosos que por instantes horadaban la tiniebla esponjada, adherida a la tierra como una manta de insectos a los que el rocío les mojó las alas. Al salir el sol, cada día, las alas de los insectos enlutados que forman la tiniebla, se secan, y por eso la noche emprende el vuelo y desaparece, sin saberse adónde va, en qué lugar se esconde. En algún lugar debe meterse tanta tiniebla, tanta oscuridad.

—¡Juanantes —gritó la Cardenala—, ya hemos andado suficientemente y no hay nada!

Pero Juanantes no la oyó. No respondió. Ni siquiera movió la cabeza. Su cabeza de tiniebla bajo su sombrero de palma. Sólo su sombrero blanco, sólo eso se le notaba. De no ser esa blancura, la Cardenala pierde el bulto de su hombre. Su cabeza de tiniebla, de insecto de tiniebla.

Adelante iba, seguía. Sin detenerse. Sin pensamiento. Vacío de lo que era él, de lo que él había sido siempre. Un hombre prudente, precavido, poco dado a las valencias. Otro Juanantes instalado en su pellejo. En todo su interior, hasta en lo más adentro de su ser. Un Juanantes impetuoso, de agarrotados dedos alrededor del mango del machete, fijas las pupilas en lo invisible, porque adelante poco se lograba ver, fuera del lugar donde ponía los pies. ¿Qué le pasaba? ¿Adónde iba? ¿Quién lo llevaba?

Fue... fue una debilidad suya haberle contado a la Cardenala lo que oyó dormido, mientras dormía la gran borrachera que se puso un día entre

34

semana, en que no celebraba nada, no tenía rencor que tapar ni tristeza que olvidar.

—¿Y oíste bien la noche en que estás citado? —así comenzó la Cardenala, muy mojaditas las palabras de saliva de beso de loro que más es piquetazo de loro. Y como loro siguió:

—Pues, si lo oíste y te citaron debés ir, quién dijo miedo, ¿no te parece?, y como donde se para un hombre se para otro, estoy segura...

—No estés segura de nada —le cortó él pensando que antes de contarle lo que había oído borracho, mejor se hubiera tragado la lengua.

—Si sabré que no debo estar segura de nada, que no parece que me hubiera ayuntado con un hombre, sino con la inseguridad misma. No sabés nunca lo que querés, no sabés para dónde vas.

—Ahora si sé, pero... —flaqueó—, no, no sé si debo responder al llamado de esa voz extraña, ir en busca de esa luz.

—Si fuera la de la suerte...

—¿Y si no es? —interrumpió Juanantes, ansioso, a él también le había rascado el pellejo del cráneo, con cosquilleo inexplicable, la ambición de ser rico, de que el hallazgo de la luz buena le diera el camino para encontrar un tesoro en aquellas montañas.

—Si no es, pues no se pierde nada. Mas que, según dijiste, la voz te indicó que encontrarías un fuego, y cerca una bolsa, un bolsón... ¡Es la suerte Juanantes, es la suerte —se entusiasmaba la Cardenala—, en ese bolsón hallaremos mil miles de monedas de oro!

Y lo peor es que no sólo se entusiasmaba ella, sino contagiaba a Juanantes.

Entre la fecha de su sueño y la noche de la cita, no hubo paz en su casa y se fue descuidando todo, las siembras, los gallineros, las hortalizas. La Cardenala no lo dejaba ni a sol ni a sombra. Se perseguían como fantasmas. Sin hablarse sabían lo que se decían. Para qué hablar, si siempre estaban en la misma ronda. Juanantes indeciso y la Cardenala exigente. La voz misteriosa que oyó borracho entró

como una maldición, como una fatalidad a su casa.
Ella rectificaba, violenta:

—¿Maldición? ¿Por qué, Juanantes, no pensás
lo que decís? Entró como una bendición, como
una esperanza, como un soplo que nos ha hecho
salir del pozo sin escape donde estábamos sumi-
dos, a algo que puede ser mejorcito...

El sueño cabal no volvió a trepar a sus camas
hechas de troncos de madera y trenzado de lazo
recubierto por una esterilla de palma, y toda la
noche andaba, les andaba por encima, como si fuera
un perro peludo que diera vueltas y vueltas, sin
echarse jamás. Y si cerraban los ojos, ratos ente-
ros los apretaban, era para entrever inmóviles el
porvenir hasta que la fatiga los vencía, entre una
corazonada buena y una mala, ratos temerosos y
ratos seguros de que Juanantes encontraría la luz,
en el monte, y que el bolsón era efectivamente un
quintal de oro en monedas, o de piedras preciosas.

Si eran monedas cómo las gastarían y si eran
piedras preciosas, a quién se las venderían...

La autoridad podría entrar en sospechas...

—Juanantes, estás dormido...

—No...

—¿Si es oro el que hay en la bolsa, qué hacemos?

En vano esperaba la respuesta. Cuando más un
gruñido. Pero a su turno éste, incorporándose, me-
droso, hablaba:

—Cardelana, no te parece que es mejor no ir...
Puede ser la luz mala y ya me torcí para siempre.
Al menos, hoy soy pobre, pero dichoso.

—Cobarde eso es lo que sos. Cobarde, como
todo indeciso. Ratos decís que vas y ratos que no.

Otra noche, a raíz del mismo diálogo, la Cardenala fue terminante:

—¡Ah, pero eso sí, si no vas vos, voy yo! Vale
que ya me dijiste la fecha, el primer martes que
caiga en nueve del mes, y el lugar, abajito del
Cerro de Arena.

Y allí ahora que iban, él adelante y ella atrás,
en cuerpo y alma, con trapos y todo (tantas veces
habían hecho el viaje imaginativamente) resbalaron

36

del Cerro de Arena, sin poderse detener, al pliegue de una entrecerrada barranca que daba a un camino.

Se sacudieron las palmas de las manos que metieron al resbalar intentando detenerse, para sacarse las arenas que se les habían casi metido en el pellejo.

—El camino nos lleva —habló ella atrás.

Y Juanantes siguió sin contestar. Allí en esa barranca nacía un camino. Un camino nace como un río, muy pequeño, pero se junta con otros caminos y se torna en camino grande. A poco de andar, ya no era un caminito, sino una trocha para carretas.

—¿Llevás el machete?... —ella sabía que lo llevaba, que su hombre jamás andaba sin machete, pero tuvo miedo y quiso asegurarse, oírle decir que lo llevaba.

—Y filudo que corta un pelo en el aire —respondió Juanantes, en voz alta, como para que, si algún enemigo andaba oculto, supiera que de atacarlo tendría que vérselas con un hombre armado.

—Yo voy rezando —intentó responder la Cardenala, pero no articuló las palabras.

Le faltaba la fuerza del corazón, y habría querido adelantarse en ese momento a detener a su hombre, y decirle que no siguiera, que se volvieran. Un mal presentimiento.

Iba rezando, rezándole a todos los santos, pero sobre todo al Ánima Sola. Y varias veces se oyó, repitiendo como invocación de sonámbula:

—¡Ánima Sola!... ¡Ánima Sola!... ¡Ánima Sola!...

Una luz deslenguada. Sí, tantas lenguas de fuego salían de aquel montón de hojas de maíz y ramas secas. Se les presentó de golpe, en una vuelta del camino ancho. Alguien lo encendió. Sí, alguien lo encendió. Pero quién, si alrededor no encontraron persona viviente. Y el pulso de la cabalidad de encenderlo, cuando ellos se acercaban. Si no lo encienden justo, se consume, lo arrebata el viento. Juanantes se detuvo, levantando un brazo, como para cubrirse los ojos del violento golpe del res-

37

plandor dorado, en plena oscuridad. Detrás, la Cardenala, sin saber qué decir, santiguábase, con una respiración que se le iba y otra que se le venía.

—No te acerqués, Juanantes... —estuvo a punto de gritarle, pero su hombre tenía que allegarse a cumplir la cita, tal y como le fue mandado.

Y así lo hizo aquél, machete adelante, bien agarrado del mango, lanzando machetazos de un lado a otro, como si cortara el aire de afuera y el aire que le faltaba.

Dio la vuelta alrededor del fogarón, y tal, como lo oyó en su borrachera, junto a las llamas, al lado de las brasas, divisó un bolsón de brin.

—¡El oro! ¡El dinero! ¡Las piedras preciosas! —se dijo y arriesgándose a quemar el ala de su sombrero o el pelo lanudo de la chaqueta, allá fue y de un tirón retiró el bolsón, contento de sentir que pesaba, y volvió al lado de la Cardenala, con la sensación y olor de las cejas y las pestañas chamuscadas.

—No perdamos tiempo —le dijo ella, más ambiciosa, le quemaba la curiosidad, saber lo antes posible lo que aquel saco encerraba— y huyeron del lugar, dejando atrás el fogarón.

Al tacto, no miraban nada, palparon por fuera lo que había en el interior del bolsón. Unos como huesos de muerto. A juzgar... Pero, no, no... Lo que sí se sentía bien, es un peso como de metal...

Lo abrieron. Pero, en la oscuridad, imposible saber lo que había. Más directamente, palpando, pudieron decir que además de huesos humanos, había un machete, y en una bolsa pequeña, un montón de monedas y una botella llena.

¡El tesoro! ¡El tesoro del... muerto!

Todo era un misterio. En un como canuto de metal sintieron que había un papel, algo así como un papel sellado, que, sin duda, era la escritura de alguna propiedad que...

Tartamudeaban...

Propietarios y ricos...

Pero aquellos huesos, y aquel machete, y la botella que resultó llena de aguardiente.

De esto, de lo que pasó aquella noche de tiniebla acaramelada, dura, nadie supo nada. Lo ocurrido se lo tragó el silencio de dos mortalidades, como decían ellos. Juanantes (su nombre completo Juanantes Dios Rodríguez, lo volvió a oír en el Juzgado), animalizaba la cara, cada vez que los policías, los jueces, le preguntaban, le interrogaban por qué había peleado con Prudencio Salvatierra, al que ni siquiera conocía.

—Por algo sería... —contestaba Juanantes, la lengua en la inmensa vaguedad del pensamiento.

—Dos hombres no se salen a matar a machetazos, sino por algo. Alguna razón tenían. ¿Era tu enemigo Salvatierra?

—Pues mi enemigo, no...

—¿Lo conocías?

—Pues, tampoco lo conocía yo, ni él me conocía a mí...

—¿Y por eso se pelearon?

—Bueno, nos encontramos y nos peleamos. Me apeteció su sangre. Hay prójimos a los que uno les quiere ver chorrear la sangre encima. Y allí no más lo reté a machetearse conmigo, y ya fue cosa de hombres...

—Bueno, pues por cosa de hombres te tocará un buen castigo...

—Así ha de ser, por cosa de hombres siempre se paga...

Animalizaba la cara, qué manera de vidriar los ojos para borrar de sus pupilas toda expresión, de sus pupilas quietas, qué manera de enfriarse el gesto, medio afligida la boca bajo el bigote escaso. Y qué manera también de ser humilde, pero esto era de naturaleza, humilde, quitado de ruidos.

Una y otra vez lo interrogó el juez. Retarse a duelo sin conocerse.

—Y si es cierto que no lo habías visto nunca —acercaba el funcionario su cara con anteojos a la cara inexpresiva del acusado— por qué diablos se te metió en la cabeza retarlo, gritarle que sacara su machete porque lo ibas a matar, porque te

39

estaba ordenado, te estaba mandado que lo ma-
taras...

Juanantes se conformaba con callar, y esto hacía subir las mostazas al caletre del juez que volvía y volvía, valiéndose de otras preguntas, a fin
de que aquél confesara quién era el autor intelec-
tual de un delito que ahora solo él cargaba.

—¿Alguien te pagó? ¿Alguien te ofreció paga
para matar a Salvatierra?... —y ya por otros caminos:— Juanantes ¿sabes lo que es el hipnotismo?

—No voy a saber, pues...

—Bueno, sabes o no sabes...

—Sé...

—¿Y no se te hace entonces que matastes a tu
rival en el duelo, bajo la acción de un poder extraño, igual que hipnotizado?

—No sentí... quizá que sí, quizá que no...

—¿Y, qué fue lo que sentiste?

—Entré a beberme un trago a ese lugar, y a
medias tenía la copa, todavía vaciándome la copa
en la boca estaba, cuando oyí que alguien dijo el
nombre de...

—Prudencio Salvatierra...

—Eso, y todo retumbó en mí, igual que si me
hubiera caído encima una montaña de piedras.
Me sentí tan golpeado por todas partes, el ruido
de su nombre me golpeó en tal forma, que allí mismo saqué el machete y lo invité a que peleara a
sabiendas que él no me podía matar a mí porque
yo estaba hecho de pequeñas piedras.

Juanantes no contestaba, contentándose con jugar con el sombrero de paja que mantenía en las
manos, mientras duraba el interrogatorio.

Le echaron diez años por homicidio. Después
de tanto escribir, diez añitos de prisión echados
encima, como diez años de tierra. Hizo cuenta que
era así, que diez años de su vida iba a estar muerto, y cuando saliera de la cárcel, estaría como quien
sale del cementerio.

Pero mejor preso que muerto, se consolaba la
Cardenala Cifuentes, cada mes más agobiada, cada
día más triste, pues parecía que a ella le habían

echado encima semejante castigo. Se empleó como sirvienta, así quedaba cerca de la cárcel grande, a donde trasladaron a Juanantes, ya con sentencia firme, de su pueblo a la capital. Y domingo a domingo, después de bañarse a las cinco de la mañana, mudarse de ropa, sacaba la ropa de salir a pasear, peinarse con manteca perfumada, las dos trenzas con dos hermosos listones que un domingo eran rojos y otro verdes, y otro amarillos, se iba a la penitenciaría feliz de llevar a su preso la alegría de su presencia, algunos panes rellenos, y cigarros.

Ese domingo Juanantes la enredó mucho entre sus brazos que asomaban como dos cabezas de serpientes de la reja que los separaba.

—Ya —le dijo a la oreja— va a terminar esto...

Ella no entendió, pero tampoco pidió que le explicara. Es decir no entendió lo que sabía.

Sabía que la cárcel tenía que terminar, pero hacía tanto que estaba terminando. Desde que se entra a la cárcel, empieza a terminar. Y no termina. Y no termina nunca...

Aunque, a decir verdad, Juanantes parecía muy conforme con estar allí encerrado, pues le pesaba, cada día menos, el difunto Salvatierra, que de otra suerte habría tenido que cargarlo como un remordimiento en los entrecijos del alma. Pago aquí y quedamos en paz, se decía Juanantes, y esto lo contentaba.

—Y al salir, qué vas a hacer —le tembló la voz a la Cardenala, que no le dijo, temerosa de los planes de su hombre: qué "vamos a hacer", sino qué vas a hacer...

Juanantes la miró, como quien interroga, también temeroso, a qué se debía aquel "qué vas a hacer..." ¿Tendría intención de quedarse en la ciudad sirviendo? ¿Otro hombre?...

—Hablemos claro, Cardenala Cifuentes —la medio rechazó Juanantes, irguiéndose detrás de la reja, era más alto que ella—, ¿pensás quedarte aquí, no vas a volver conmigo allá...?

—No...

El "no" de la Cifuentes fustigó la cara del pri-

sionero, igual que un latigazo del capataz de calabozos. Tragó saliva, inmovilizó la cara, y alzándos
de hombros, murmuró:

—Bueno qué me importa, me iré yo solo... Sa
bés que tengo que volver allá...

—Sé que tenés que volver allá, y yo qué queré
que te diga, ya no quiero seguir en ese enredo. M
fui a confesar y el Padre me dijo que eran cosa
del mismísimo diablo.

—¿Le hablaste de la luz mala? —preguntó vio
lento, casi saliéndose de la reja para deshacerla
con sus manos, Juanantes.

—No, pero le confesé que era muy supersti
ciosa.

—Bueno, eso no importa... —y después de un
breve silencio, de la calle llegaba el ruido de las
bocinas de los automóviles, los pitazos de los po
licías..., añadió Juanantes...—, lo que yo quisiera
saber, Cardenala, por qué, quién te metió a irte a
confesar...

—Lo exigió la patrona. Dijo que era cuares-
ma...

—¿Y entonces no te vas conmigo? —insistió
Juanantes...

—No...

Y, luego de un silencio molesto, aquél juntó las
manos, y repitió:

—Bueno, no...

Pero no se conformaba. A eso sí que no se conformaba. La cárcel estaba bien. Tenía que pagar el
muertecito. Pero la pérdida de la Cifuentes, no, imposible, imposible...

El guardián puso término a la visita, y Juanantes la vio irse, y se quedó palpándose por encima,
ya que no podía palparse por dentro.

Se lo esperaba, y a pesar de eso... Pero, por
qué se lo esperaba... Porque al hombre que le cae
la centella de la luz mala, en nada le va bien, en
todo le va mal, hasta que su fluido lo deja...

Entonces se tendrá que ir solo a su pueblo,
cumplido el pago por el difunto Salvatierra, el
pago en días de cárcel, pago en que los años son

omo los billetes grandes, de mil pesos; los me-
es, los billetes de diez pesos; los días, los billetes
e un peso, y las horas, las monedas... y por fortu-
a que ya su cuenta iba a quedar saldada...

—¿Venistes?... —preguntó al siguiente domin-
o, a la hora de visitas, a la Cardenala.

—Sí. Me estás viendo y preguntás...

—Bueno, creí...

—Creí, creí... por crédulo estás en la cárcel
—rió la Cardenala y Juanantes notó que al reír
nostraba un diente de oro...

—¿Y ese diente?

—Me salió... —rió ella con más gana para
nostrarlo mejor, para lucirlo bien—. No me salió,
ne lo puso el dentista de la patrona.

—¿Le pagaste?

—Seguro que le pagué, si es oro, vos que creés...

—Bueno y... —titubeó Juanantes—, aquí se me
ermina ya el tiempo que me toca estar, y me pien-
o ir al no más salir. Vos no venís conmigo —tem-
ló de los calcañales a la coronilla—, ¿verdad?...

—No...

Un no cortado con los dientes, y ahora con el
diente de oro, el colmillo del lado del corazón.

—Bueno estuvo que me lo dijeras, antes que me
hiciera ilusiones —se le cayó la voz adentro, sin
poder decir más, y agregó, ahogado—, al menos así,
sé a qué atenerme, ¿no te parece?... —y remató,
conforme, los ojos tristes puestos en los de la Cardenala, y una brizna de sonrisa entre los labios
duros:— ¡Son cosas que pasan en la vida a los que
les pega la luz mala!

—¡Juanantes Dios Rodríguez!... —resonó su nombre en los patios del presidio, inmensos golfos de
sol y de silencio, después del mediodía.

Corrió al encuentro del Alcaide que lo llamaba.
Saludó un poco a la manera militar y dijo:

—Presente...

—Agarre sus pertenencias... —el Alcaide notó
que no lo entendía, ¿no le entendía o se hacía el
bobo?, y cambió el lenguaje y el tono—, agarrá

43

todas tus cosas, recogé todo lo que tengás en celda, porque ya te vas libre.

Y a eso fue entre triste y alegre, como si ll gado ese instante le pesara irse. Tenía tan poc cosas. Unos cuantos trapos. Los pedazos del r trato de la Cardenala. Lo rompió, pero conser los pedazos. Habría querido juntarlos por últim vez para ver cómo era, pero no tuvo tiempo, además, ya tantas veces la había juntado y tanta despedazado, sin necesidad de machete. En lug de ultimar a un prójimo enemigo, hay que pedir su retrato y romperlo como hizo él con el de más maldita de las mujeres.

—Sesenta docenas de sombreros... —no era p sible, pero así estaba escrito en los libros de co tabilidad de la cárcel.

Eso había hecho: sesenta docenas de son breros.

Le contaron, peso sobre peso, lo que le perten cía, y salió con su maleta al hombro, vestido d gente, al quitarse el traje de preso, con su bue sombrero nuevo, uno que había hecho para él, bie aludo, para el día que saliera. El aire le moví las alas al sombrero. La sensación de la liberta en las alas de su sombrero.

—¿Aquí voy a poner mi nombre? —preguntó a hotelero, y al movimiento afirmativo de la cabez de aquél, lo escribió: Juanantes Dios Rodríguez.

Pero no se quedó en aquel hotelito de mal muerte. Sólo escribió su nombre en el registro d pasajeros, y sin explicación escapó. ¿Qué habí visto? ¿Qué había sucedido?

¡Las llaves!... ¡Las llaves de los cuartos!.. Unas enormes llaves como las de la cárcel, com las de los calabozos..

Sin dormir y sin comer, a donde iba en busc de un sandwich había que hacer cola, la gente lo sábados se vuelca a las calles, cola como los preso en la cárcel, a la hora de la comida, los presos un tras otro, cada quien con su plato. Prefirió no come y puso pies en la polvorienta carretera, camino a su montañas, al lugar en que tenía que cumplir...

¿Cumplir qué?

Ya había cumplido, ya había matado, en duelo, verdad, a Prudencio Salvatierra, de esto hacía nueve años y como si hubiera sido ayer, y ya también había pagado en la cárcel el costo del difunto. ¿Qué deuda tenía entonces?

Él sabía que tenía que cumplir, y eso era todo. ¿Para qué representárselo, en palabras, en pensamientos?

Los hechos son más discretos. El hecho es más solo, más simple. Lo haría. Cumpliría, y nada más...

Anduvo por donde vivió con la Cardenala Cifuentes. Nada había cambiado. Todas las cosas iguales. Los árboles, las piedras y parecían ser las mismas iguanas las que ahora, después de nueve años, se asoleaban, y los mismos pájaros carpinteros los que cantaban, y las mismas ardillas las que, cosquillosas, subían y bajaban de los árboles, y los mismos conejos los que se escabullían...

Cumplir. Juanantes tenía que cumplir. Se sentía funesto. Hay la peste de los funestos. Los funestos es gente que atrae las desgracias. Y él, mientras no cumpliera, mientras no pagara, era *funesto*.

Y así lo llamaba, sin miramiento, el viejo de las codornices.

—Funesto, no te das maña —le decía el viejo— por eso nada te sale bien. Si escupís, escupís torcido, el ventarrón asoma cuando estás meando, y te echás los orines encima, y si te peinás, la raya te sale torcida. Igual estuve yo y por eso te aconsejo que cumplás. Sé, sé, yo sé lo que te pasa, porque igualito me sucedió a mí, y no quiero que conmigo te sigás haciendo el desentendido.

—Pero, la verdad —rompió la gran cáscara de su silencio, de un silencio endurecido en años alrededor de un secreto, Juanantes—, la verdad es que no puedo cumplir, Tata Guamarachito, porque no tengo enemigos...

—¿Y acaso hay necesidad? —balbuceó el viejo, paseando por su cara sin barba, unos cuantos pelos

blancos, la mano suave de tanto acariciar las al
de las codornices.

—¿Cómo que no? —frunció las cejas Juanante
tratando de fijar los ojos, quietamente, en la m
rada de Tata Guamarachito.

—Pues como lo oís, no hay necesidad...

—Veamos, veamos, Tata Guamarachito, no m
vengás con responsos. Para enterrar la luz mala
que me cayó a mí, por desgracia, no por desgracia
por una desgraciada... —y escupió torcido, per
no porque la saliva se le fuera por el colmillo, sin
intencionadamente—, para enterrarla, tengo que e
tablecer, en el mandato, que el que la encuentre, e
que la tope, debe matar a alguien... y yo, yo n
tengo a quien matar... a quién voy a matar s
no tengo a quien matar... hay que ponerse en la rea
lidad de las cosas...

Y después de un breve respiro:

—Y por eso, Tata, no me puedo deshacer de l
luz mala, que ya me está poniendo los pulmone
como cernidores de arena. Tueso, tueso y tueso,
escupí sangre el otro día.

—Ese mal lo sacaste de la cárcel... ¡La tisis e
el laurel de las prisiones!

—Pero es la luz mala, Tata Guamarachito, m
enfermedad es la luz mala... —un repentino ata
que de tos ahogó su voz, se le bañaron las siene
de sudor, y quedóse viendo como lucitas.

—¿Y en qué conocés, funesto, que es la lu
mala? —preguntó el viejo con suavidad.

—En que la luz mala se me fragmenta ante lo
ojos. Veo, en pleno día, que baila alrededor de
mi persona en forma de minúsculas lucitas, de chis
pitas de fuego dorado que me hacen toser, sudar
basquear.

—Pues entonces salí de ella...

—¿Y cómo, si no tengo enemigo a quien man
dar matar? —contestó Juanantes con cierto fas
tidio.

—No brusquíes la voz, funesto, Tata Guamarachito vino a verte por tu bien. Oí mi consejo. Lo
que encontraste esa noche, los huesos de muerto,

l cañuto de metal donde venía el mandato, orde-
ándote retar a duelo a Salvatierra. No te echés
nuchas culpas, y sobre todo ya lo pagaste en la
risión, lo mataste en buena ley, dos hombres ma-
hete en mano frente a frente son dos hombres y
ensá, pensá, si él te hubiera finiquitado. Y pen-
á también que el que encuentra la luz mala y no
umple su mandato al presentársele el desconocido
quien debe ultimar a machetazos, éste lo mata a
l después de un tiempo. Si vos, Juanantes de
ntes, antes, no te doblás a Salvatierra luego de oír
u nombre y reconocerlo, tené por seguro que
o estarías aquí, ah, por seguro tenelo, pues él
e habría difunteado al encontrarte de nuevo. Es
o que está escrito y se cumple...

—Habría sido mejor, quizá...

—¡No digás tonterías, ningún vivo, que yo sepa,
stá mejor muerto!

—Sin más filosofías, Tata Guamarachito, qué
lebo hacer ahora —suplicó entre sudores y toses
uanantes.

—Vas a encender el fogarón de luz mala...

—¿Quién?

—Vos...

—¿Yo?

—Si, vos, y vas a dejar por escrito tu orden de
nando, tu mandato de muerte, que por algo te
lamás Juanantes de antes, antes, antes...

—Pero cómo voy a hacer, si en el mandato tengo que ordenar que el que se tope con la luz mala
y recoja el bolsón de brin debe ir a matar en duelo
a... un enemigo que yo no tengo...

—Todo eso está muy bien razonado, Juanantes
le antes, pero yo te voy a dar otro camino mejor.
Vas a romper la cadena de la muerte, la cadena
que te tiene encadenado ¿entendés?...

—¿A qué estoy encadenado? —indago Juanantes, después de un silencio que llenaba la respiración de los dos hombres.

—A romper la cadena de la muerte... —insistió
Tata Guamarachito, y, no te pongás pálido, no te
me pongás funesto.

47

—¿Romper la cadena de la muerte? No, Tata Guamarachito, eso me puede traer más desgracias, más torcidura...

—Esa luz mala que te centelló a vos, que te cayó como centella, es deudora de muchísimas muertes, y ya es tiempo de cortarla. Dichoso aquel sí, dichoso aquel que, como vos, puede hacerlo...

—Dígame como...

—Te voy acompañar. Vamos a citarnos de aquí a nueve noches. Ahora, las noches están claras, hay luna, pero dentro de nueve días será la pura tiniebla. Entonces te ofrezco mi compañía y mi consejo, y vamos...

Tata Guamarachito y Juanantes, escondidos detrás de unos pinos enanos, oyeron a lo lejos pasos de caballería. Lentos, marcados. Se conocía que la bestia venía tanteando donde enterraba los cascos por el camino pedregoso de una cuesta, antes de entrar al plan en que aquellos tenían preparado el fogarón de luz mala.

Contra la suave claridad de las estrellas, en la semisombra lechosa se perfiló la figura del jinete y su cabalgadura. Aún venía lejos. El tiempo preciso, sin embargo, para que Juanantes prendiera el fuego. Y así lo hizo.

Una estrella caída en medio del monte oscuro habría sido igual, con tal brillo se iluminaron los contornos.

El del caballo titubeó, pero no le quedaba otro camino, y... ya más cerca del fogarón, echó pie a tierra, pistola en mano.

No se detuvo ni pudo resistir a la tentación. Pálido, jadeante, las mechas del cabello que escapaban de su sombrero, sobre la frente y los ojos, igual que llamas de un fuego negro, arrebató el bolsón de brin, saltó al caballo y se alejó a trote largo, luego se oyó que parejeaba, mientras el fogarón seguía ardiendo.

—Ya ves que fue sencillo... —abrazó Tata Guamarachito a Juanantes—. Ahora ya no te puedo llamar *funesto*, ya te sacudiste de la luz mala.

—Ya era tiempo... —respiró, al decir así, Juanantes—, después de más de nueve años, ya era tiempo que me sacudiera, y Dios se la pague a usted que me dio su consejo.

—Pero, no sólo te sacudiste de la luz mala, sino, Juanantes de antes antes, rompiste la cadena de la muerte. En el pliego que escribiste de puño y letra y que metimos en el tubo de metal, junto a los huesos de muerto, tu machete, el mismo machete con que ultimaste a Salvatierra y la botella de aguardiente de culebra, no ordenabas batirse a duelo ni matar... ¿Qué fue lo que pusiste?

—Eh, ése es mi secreto...

—¿Qué fue lo que ordenaste que hiciera el que lo encontró...?

—Matar, no. ¿A quién iba a mandar matar, si, como le dije, Tata, no tengo enemigos?

—Entonces, qué era lo que ordenabas...

—Le repito, Tata Guamarachito, que ese es mi secreto...

—Lo respeto...

—¿Me perdona? ¿Me perdona que no se lo cuente?

—¿Perdonarte? Me encantan los hombres con secretos. Pero, dejame que te diga, que no solo te sacudiste de la luz mala, sino rompiste una cadena que ya debía muchas muertes... yo tengo —siguió hablando el viejo, mientras fumaba, entre toses y carraspeadas—, yo tengo cerca de cien años y, oí bien lo que te voy a deletrear. Era de tu edad, vos debes tener tus treinta años...

—Veintiocho —exclamó Juanantes.

—Pues tu edad tendría yo cuando me topé con la luz mala y la orden de batirme a duelo con un tal Belisario Consuegra, que era un tipo amargo, según supe después. No lo conocía, no lo había visto nunca, pero de repente en una feria, comprando estaba yo un potro, oí que alguien gritó: ¡Belisario Consuegra!, y fue como si una montaña de piedras me hubiera caído encima. No vi ni oí más. Desenfundé el machete y me fui para adonde aquél estaba y le dije que sacara su machete para

defenderse, si no quería que lo matara como chu
cho... Lo sacó y lo maté, lo hice pedazos, pues e
olor de la sangre me volvió como loco.

—¿Y enterraría usted, Tata, su luz mala co
algún mandato? —atrevió Juanantes...

—Sí, Juanantes de antes. Mi mandato fue re
tar a duelo y matar a Talislalo Yañes, un mexica
no, mi enemigo. Y encontró mi luz mala y m
mandato, un tal Plácido Salgaespera. Y tambiér
Salgaespera ultimó al mexicano a machetazos. Y
el mandato del tal Salgaespera fue contra un su
enemigo, Garricho Dardón, a quien ultimó Remi
gio Huertas, y el mandato de Huertas... ¡Dichoso
vos que rompiste la cadena!

Juanantes siempre veía amanecer, pero nunca como
aquella mañana, liberado de la luz mala, le pareció
más bello el asomar del día, el aparecer, entre ful
gores inciertos, el rosicler del alba nuevecita, Tata
Guamarachito no quiso aceptarle pago alguno. Si
le quería reconocer algo, que le dijera cuál era su
secreto, qué había escrito, con qué mandato se fue
el del caballo. Pero en eso no pudo complacerlo.
En eso no pudo complacer a Tata Guamarachito, y
se quedó solo frente al amanecer. Ver las cosas
agradeciendo que existieran. Verlas sin rencor y sin
tristeza. Ah, si volviera la Cardenala Cifuentes. Pero,
para qué querer que volviera. Pausó sus pensamientos, temeroso de lo que pensaba. Pero el pensar no
se detiene y se le evidenció que la Cardenala Cifuentes formaba parte de la luz maléfica, aquella
que lo llevó al crimen, a que el pobre Salvatierra quedara con la cara helada contra el suelo,
sin vida.

Seguía amaneciendo. Retuvo la mirada bajo los
párpados que le pesaban de cansancio y de sueño.
Pájaros saltarines, trino aquí y trino allá. Una li-
gera humedad de perfumados pólenes de orquídea.
Un batir lejano de algún leñador que tumbaba un
árbol, hachazo tras hachazo...

De pronto salió corriendo, barranca abajo, tras
el viejo y antes de alcanzarlo le gritó:

—Tata Guamarachito, venga a que le comunique mi secreto...

Se lo dijo al oído...

La oreja peluda del viejo junto a sus labios bisbiseantes.

Y cuando terminó, entrecerró los ojos queriendo retener las lágrimas.

—¿Eso pusiste? ¿Eso mandastes? ¿Esa fue tu orden?... preguntaba Tata Guamarachito, la risa pintada de sus labios a sus mejillas, como si riera con todas sus arrugas.

—Si, eso mismo... pues a ella también la despedacé al romper el retrato... y se me hace, Tata, que cuando rompí el retrato de la Cardenala Cifuentes en mi calabozo, empecé a librarme de su maleficio. La mujer, cuando no sale buena, es la peor de las luces malas, y por eso en mi mandato ordené al desconocido del caballo que tomara el primer retrato de una pérfida, y lo rompiera... hay muchas maneras de hacer pedazos a la gente...

JUAN HORMIGUERO

—...Yo sé que se vuelven tierra los que se comen el sueño...

Oírlo decir me dejó apabullado. Yo me comía el sueño. Completamente apabullado. No es necesario explicarlo. Me comía el sueño y me iba sintiendo... ¿Cómo hacer?... ¿Me volvería tierra?... ¿Cómo hacer para dejar de alimentar con mi sueño, despierto entre los míos, cuando todos dormían, mi irrealidad nocturna, que era lo único real de mi existencia?

¡Comerse el sueño...vaya una expresión!

El tiempo caluroso me obligó a abrir la ventana que daba a la terraza. El polvo que el viento deposita durante el día, humedecido a esas horas por el relente nocturno, llegaba a mis narices con fuerte olor a tierra mojada, a lo que olían, me estaba volviendo tierra, insensiblemente, mi pelo, mi saliva, mi cuerpo, cuando sudaba.

Olor a tierra mojada, a moho dulzón, a todo esto olía yo por comerme el sueño, no porque durmiera (el que duerme come), recto sentido del concepto, sino por aquello de que jamás pegaba los ojos. Y ahora menos, inquieto por el sabor a barro de mi sudor y unas tierritas que se me formaban en los ojos, en las uñas, en los dientes...

Y no es que uno se vuelva tierra como los muertos, de comerse el sueño, es decir de *comerse el sueño*, de no dormir. No, es otra cosa: la sensación de una tierra viva, de una tierra con sed frente al agua, sed de terrón seco en los labios, y una insoportable cosquilla en las yemas de los dedos junto a los tiestos con flores. Y luego el hervor de olla, puesta al fuego, que uno se oye en el pecho. A olla de paredes delgadas, de tierra vidriosa, de

lo que tal vez están hechas mis orejas, mis pár
pados...

Comerse el sueño... Pues es comérselo y no dor
mir, tragárselo y quedarse en vela... oír la noche
pasar con todos sus ruidos y, por momentos, n
oír nada, como si ya fuéramos de tierra...

Paulatinamente nos gana la rigidez de esa nueva
carne. De repente, sería mejor. No habría tiempo
de pensar. Pero, poro a poro, pelo a pelo. El que
se vuelve tierra porque se come el sueño, es dueño
de una lucidez marchita, pero no por ello menos
que la del que se levanta dormido. La Lucidez de
la tierra...

¿Quién interrumpe?

Ha sido un disparo... ¿Un disparo lejano?..
Un mono chilla... No tengo tiempo de pensar en
otra cosa que no sea la bestezuela coluda que ha
saltado por la ventana y corrido a refugiarse a mi
lado, tiritando como la noche estrellada, los dien
tecillos apretados, blancos, y los ojillos, ya cerrados
ya abiertos, como siguiendo los altibajos del dolor
que le causa la bala en un brazo.

Trato de acariciarlo y él agradece con mirada de
fruta. Le hablo para que se sienta seguro. Le cuen
to que desde que llegué a aquella casa, no duer
mo, me como el sueño, estoy condenado a volverme
tierra.

No se mueve. Me oye. Escucha los sonidos que
salen de mis labios y se da cuenta que le hablo
porque, pobrecita, se acurruca aún más, la mano
negra de larguísimos dedos, apretada al brazo del
que le mana sangre, y solloza.

—Ya oí... —tronó una voz, la del que hizo el
disparo—, y todo está muy bonito, pero el mono
me pertenece...

—¿Por qué? —dije, encarándome con un hombre
prieto, de cabellos largos y ojos enrojecidos.

—Porque es mío...

—¿Cómo, tuyo?

—Yo lo herí...

—¿Y eso te da derecho?

—¡Claro que sí!

—Pues buscó asilo en mi casa, y no te lo entrego...

—Mejor me lo da —dijo cachazudamente—, no vaya a ser que pase una que no sirve...

—No puede pasar, porque yo también estoy armado...

—Lo necesito. Mi pobre mujer se volvió tierra, y hay que regarla con sangre de mono, para que vuelva a ser gente...

—¿De tierra...? —apuré las palabras, mis ojos convertidos en interrogaciones.

—Sí, un montón de tierra, como ver un hormiguero que respira...

El mono seguía desangrándose y saltaba, igual que elástico, en el estertor de la agonía, temblorosos los labios negros, de vidrio muerto los ojos vivos...

—¡Vamos... —dije al inesperado visitante— algo de sangre quedará y la regaremos sobre tu mujer! ¿Se está volviendo tierra, dijiste?...

—Sí, de comerse el sueño...

—¿Entonces es cierto?

—¿Qué le pasa? —me interrogó cuando salíamos, sin contestar a mi pregunta.

—Nada, nada... —le contesté y, apresurando el paso, añadí: —¿Llegaremos a tiempo?

—Sí, tal vez... Debemos llegar antes de que se instalen las hormigas en lo que es ahora un montón de tierra con forma de mujer...

—¿Y qué pasa si las hormigas...

—Si las hormigas se instalan —me interrumpió—, ya no podría rescatarla...

—De haber sabido. Tardaste mucho en llegar. El mono, mientras tanto perdió casi toda la sangre.

—Me entretuve buscándolo en los pajonales. Hasta después me di cuenta que se había metido en su casa.

La luna asomó caliente, arenosa.

—Esa gran muerta —dijo aquél refiriéndose a la luna, de la mano arrastraba al mono muerto—, se comió todo su sueño y se volvió tierra, la luna es tierra, tierra a la que llegaron las hormigas, antes que la regaran con sangre de mono... gran hormi-

57

guero de hormiga negra, cuando se va volviendo oscura, y de hormiga colorada o doradiosa, cuando brilla como ahora.

—¿Falta mucho? —pregunté ansioso.

—No mucho. Después de aquel entrecejo de cerros. Visto está que quizá a la pobrecita no le convenía salvarse...

—Busquemos otro mono —propuse—, yo tiro muy bien con pistola...

—Eso sería bueno, pero mejor lleguemos. Alguito de sangre le quedará a este desperdicio.

Entre unos árboles de ramazones secas, espinudas, al lado de una casuca de paredes de adobe y techo de paja, nos detuvimos. Era su casa.

—¿Y tu mujer? —interrogué ansioso.

Al hombre se le saltaron dos lagrimones que le corrieron por la cara helada, pálida, de pellejo con pelos.

De su mujer quedaba un montón de tierra con forma humana, vaga forma humana, agujereada por miles de hormigas coloradas. Lo abracé, mientras dejaba caer el cadáver del mono y se deshacía en lamentos y maldiciones.

Y esa mañana, en una piragua larga como un caimán que gobernaba un indio melenudo, desnudo, con solo el taparrabo, salí por riachos de aguas transparentes y mansas, hasta Carabín, y de aquí, a caballo hasta la estación ferroviaria, de donde, en el primer tren de pasajeros, volví a la capital...

El pobre hombre, esposo de la mujer que se volvió tierra, de comerse el sueño, no quiso acompañarme por más que le ofrecí buscarle trabajo en la ciudad, por no separarse del lado de su mujer, por no dejarla sola.

—No está muerta —me explicaba—, siquiera estuviera muerta; está viva, lo que pasa es que se volvió de tierra...

—Pero no ves... —traté de argüirle.

—No veo lo que se ve, sino lo que no se ve...
Y se quedó.

—¡Ah!... —me dijo, como si con eso se consolara, antes de marcharme—, por todo esto de por aquí, igual que mojoncitos, se ven hormigueros del alto de una persona. No son hormigueros, es gente que comió sueño. Cientos, miles, millones de hormiguitas negras y coloradas se alimentan de ese sueño comido, sueño que se hace miel, miel espesa que aprovechan los osos hormigueros. Sus largos hocicos... Su torpeza de miopes... No ven que son cristianos convertidos, bajo durísima costra, en esa harina amarillenta que se parece tanto al polvo de los muertos.

No hubo manera de arrancarlo de aquel lugar, temía por ella, y sólo después de mucho rogarle me confesó que, para salvar a su mujer, tenía que cambiar de forma, dejar de ser hombre y convertirse en ese hormiguero, de larguísimo hocico y escasa vista.

—Pero eso es imposible...

—Lo intentaré cuando esté solo, y de conseguirlo... ¡ah!... de conseguirlo, la del oso: empezaré a lamer la tierra barrosa del hormiguero, hasta abrir un agujero por donde meter la lengua, para que en mi lengua se peguen las hormigas, que son el sueño que ella se comió; entre más, mejor, que cuando sean una nube, enfundaré de nuevo la lengua en mi boca y me las comeré hasta acabar con todas, instante en que mi mujer volverá a ser lo que era y... yo seguiré siento lo que soy, el misterioso Juan Hormiguero...

JUAN GIRADOR

Barrancos cubiertos de flores. Barrancos llenos de pájaros. Barrancos ahogados en lagos. Barrancos. Y no sólo flores. Pinos centenarios. Y no sólo pájaros. Pinos centenarios y altísimos. Y no sólo lagos. Pinos y pinos y pinos. Florido, pajarero y lacustre el mundo de Juan Girador. Allí nació, allí creció, jamás se apartó del lado de su padre, que también era Girador, no tomó mujer propia ni ajena y heredó, en él, la magia de los envoltorios y los girasoles.

Muerto su padre, lo enterró sin enterrarlo, más afuera que adentro de la tierra, para no apartarse de su lado. Y lo cuidó, hasta que se volvió huesos, del picotazo o la dentellada de animales que se alimentan de cadáveres. Días y noches dio afecto a su padre muerto. Noches y días se mantuvo sentado en el tronco de un árbol y al reventársele el vientre al difunto Girador, qué reguero de gusanos de colores, siguiendo el ritual de los Giradores, le quitó el ombligo, florón entre cárdeno y violeta que envolvió en sedas de cuatro colores. La seda negra, primero, después la seda roja, luego la seda verde y por último, la seda amarilla. Terminado el envoltorio, pesaba y era como un girasol, enterró los blancos huesos más hondo y marchóse llevando como escapulario, sobre el pecho, envuelto en sedas de colores, el ombligo girador del muerto.

—Vengo —se decía— cargado del sueño girador del giramundos, giranubes, giracielos, y su peso me acompañará siempre.

—¿Te vas, Juan Hun Batz? —le preguntaron.

—Sí, me voy...

Por su lacónica respuesta comprendieron todos

que era Girador y le despidieron una noche de luceros. Sus barrancos de flores, pájaros y lagos también le despidieron. Perfumes, flores, reflejos, le decían adiós. Por poco se vuelve al contemplar su imagen en las aguas azulosas en que de niño se bañaba con su padre. Suspiró hondo al oír en el barranco de los pájaros la orquesta que dejaba a sus espaldas. La fragancia de las flores lo detuvo indeciso, sin saber si marchar a rodar mundo o volver a su paraíso.

Un tropel de caballos salvajes. Polvareda al horizonte. El más rápido se detuvo, otea, relincha, busca, la cabeza en alto, las crines al viento. Juan Hun Batz da tres vueltas alrededor de la hermosa bestia, la inmoviliza y la monta en pelo. No necesita freno. Le obedece al pensamiento.

Y así llega a la primera ciudad. Telaraña de calles y de plazas. Un talabartero, para atraer a su clientela, luce fuera de su negocio, en la acera, al lado de la puerta, aparejos, galápagos y albardas. Sentado en una mecedora, cuida su mercancía y goza del fresco de la tarde. Juan Hun Batz deja el caballo a distancia, da tres vueltas alrededor del talabartero, lo duerme con los ojos abiertos y se lleva un galápago, mantillones y una gamarra preciosa con espejitos en las junturas. Lo necesario para aparejar lujosamente su caballo.

En el negocio, mientras Hun Batz se aleja al trote, se oye, casi se pegan, la discusión entre el talabartero y su mujer:

—¿Te dormirías, Borgia? —bravea ella, a punto de arañarlo.

—¡No, por la gran "pe" "pe", ya te dije y te repito que no me dormí!

—¿Y entonces?

—No sé. Me quedé como si me hubieran levantado de la tierra, absorbiendo el aroma delicioso de unas flores de monte, oyendo gorjear pájaros y contemplándome en el espejo de un lago...

La magia de los Giradores. El Girador hace voto de pobreza, voto de no tener mujer fija, una, de paso, para dejarla atrás y perpetuar la descenden-

64

cia de los Giradores y voto de ayudar con su magia a los necesitados.

Giradores o envolvedores por ser su sabiduría de encantamiento de envoltorio, no todos usan sus poderes para el bien. Los Giradores-Brujos-del-Envoltorio-de-Avispas, expulsados del mundo de los girasoles por el aroma de las flores, el canto de los pájaros y la fiesta celeste de las aguas lacustres, son huéspedes de los respiraderos volcánicos y capaces de todo maleficio.

Hun Batz no es de éstos, conocido con el nombre de Juan Girador, se vale de la magia de las tres vueltas, envoltorio de perfume, canto y agua azul, y del ombligo de su padre que lleva sobre el pecho, como un girasol, para ayudarse y ayudar a los otros.

Una pala medio quemada por el fuego del horno cayó sobre la espalda de la panadera. El esposo, hombre de palas tomar, le propinó unos cuantos golpes.

—¡Pégame, León, lo merezco, por haberme dejado robar ese canasto de pan! No sé bien lo que me pasó... empecé a oler y oler, no este fétido hedor de harina quemada de todos los días, sino un perfume de flores delicioso, luego oí gorjear pájaros de gargantas de oro y luego me vi tan joven reflejada en un lago de preciosas aguas!

—¡Beberías cerveza anoche, y te duraba la borrachera!

—Puede ser, no te lo niego...

—¿Y quién, es lo que quiero saber, va a reponerme ese canasto de pan que te dejaste robar?

Esa mañana, los niños famélicos de una barriada de la ciudad comieron pan caliente y a volverse locos los comerciantes y la policía con la misteriosa desaparición de ropas, medicinas, zapatos, sombreros, herramientas, todo lo que sustraía para los necesitados, mediante la magia de las tres vueltas, Juan Girador.

Noticia de sus prodigios de envolvedor de perfume, canto y agua azul, llegó a oídos de una mujer todopoderosa y estéril, la cruel y famosa Chitutul, como la llamaban por ser ésa su ciudad, y cuyo verdadero nombre era Xiu.

—Tráiganme a ese Vueltero —ordenó Xiu a sus hombres— que yo haré preparar la alcoba en que los viriles yacen conmigo. Después vendrán las fiestas. Quiero mostrarle mis mejores bailarines, mis maravillosos acróbatas y el poder de mis hechiceros.

No fue difícil encontrar a Juan Girador y transmitirle la invitación de la terrible Xiu.

—Los sigo —dijo Juan Girador a los emisarios—, con tal de conocer nuevas tierras.

Rápidamente, al trote de su caballo alazán, dejó atrás cabezas, cuerpos y colas de ríos caudalosos que arrastraban maderas preciosas y pepitas de oro. La iracunda fertilidad de los cañadulzales también se quedó atrás, el baño de sangre de los cafetales, los maizales, los pastos, las vegas, los regadíos, todo sustituido por un paisaje de arena, pedregal y espina.

Juan Girador, acostumbrado a su paraíso floral, lacustre y pajarero, se iba sintiendo como petrificado. ¿Por qué no volvía grupas? ¿Por qué seguía a los emisarios que le mostraban el camino? ¿Por qué entraba a ese mundo feroz y solitario?

La poderosísima Xiu, su esterilidad se prolongaba a sus dominios, llamó al brujo de las manos de tierra colorada.

—Si quedo preñada de Juan Girador —le ordenó—, le darás la mitad de mis riquezas, y si no consigue fecundarme, si no actúa la semilla de girasol, debes matarlo y con su pellejo cortado en largas tiras prepararme un envoltorio.

Las lluvias torrenciales retardaron la llegada de Juan Girador a la ciudad de Chitutul.

—Si me esperan aquí —dijo aquél a los emisarios— volveré pronto. Antes de entrar a la ciudad debo andar a su alrededor con mi caballo solo yo.

Una... dos... tres vueltas dio el jinete en torno a las fortalezas, torres, edificaciones de la ciudad de Chitutul que el sol iluminaba, y seguro ya de que todo cuanto había en ella era suyo, invitó a os que le acompañaban a seguir adelante. La majestuosa Xiu estaría desesperada.

Pronto las pisadas de los caballos dieron en los pavimentos marmóreos de Chitutul. El frío de los materiales con que estaba construida, granitos, pórfidos, pizarras, contrastaba con su atmósfera ahorcante, su clima de fuego esponjoso. Clamor de trompetas. Retumbo de atabales. Juan Girador, llevando el alazán por la brida subió la escalinata de la Torre de los Jeroglíficos, hasta la terraza de piedras de colores en que estaba, sentada en una esterilla, bajo dosel de plumas verdes, la deslumbrante Xiu.

—Hun Batz... —le dijo ella, mientras él la contemplaba embelesado, y luego de su nombre, añadió—, el Tres-Veces-Envuelto, Girasol Viril, Girador Invencible, dio tres vueltas alrededor de mi ciudad que ahora es suya. Mis guerreros, mi abundancia, mis agures, mis doncellas, mis maderas, mis piedras más finas, mis maizales, mis templos, mis jadeítas, todo es suyo y así será anunciado.

—¡Llegó el dueño de esta tierra sin dueño! —coreaban los augures.

—Distes, Juan Girador —continuó Xiu—, las vueltas del trueno en redor de esta ciudad que ahora es tuya, y ya se aproximan a proclamarlo así, desde los grandes peñascos, mis mensajeros...

—¡Llegó el dueño de esta tierra sin dueño!...

—¡Tuyo es todo lo que la ciudad encierra, pero no has dicho si Xiu, la que te habla, cayó también bajo el hechizo de las tres vueltas... si así fuera, Potencia Mágica, Visión Mágica, Presencia Mágica, Xiu, la que te habla espera que la hieras con tu girasol, pues hasta ahora los que la han herido eran hombres-maniquíes, hombres-espantajos!

—¡Llegó el dueño de esta tierra sin dueño!...

—¡Horada, señor del movimiento, a tu cautiva, a tu yerba dulce, a la que acurrucada entre tus brazos amasa chispas de agua quemante al cerrar los ojos y al abrirlos sólo encuentra agujeros de serpientes! ¡Sea yo, por tus cejas en torbellino sobre tus ojos de pupilas de cedro, por tus dientes de

afilado maíz, por todo el pelo reunido en tu cabez
sobre tus pensamientos, sea yo la mujer que t
espera en todas las cuidades, en todos los caminos
en todos los lechos, y que la aridez acabe en m
y el desierto en mis dominios!

Xiu, esposa de Juan Girador, esperaba el mila
gro de las semillas de girasol. Son infalibles. S
combaría su vientre, como la copa de un árbol, y se
llenarían sus pechos de leche de azucena. Pero, pa
saron los días como conejillos, los días de las se
manas como puños de cañas tronchadas, y volvió
la guacamaya roja a manchar sus hermosas pier
nas morenas. Ni su ciclo ni su sino habían sido
vencidos. Y todo, lo vivo y lo muerto, empezó a
crecer en torno a Juan Girador. Xiu tornóse en una
mujer-montaña, lejana, azulosa. Sus manos enor
mes, huérfanas de sortijas, reposaban con el peso
triste del desencanto sobre sus rodillas, cerros de
huesos. ¿Cómo deshacerse de aquel hombre que
llegó apropiándose de todos y de todo? Piojos y
pulgas eran tan grandes como él, comparado con
todo lo que seguía creciendo a su alrededor. Tem
plos y palacios ciclópicos, hombres y mujeres gi
gantes. Hasta los mínimos girinos, insectos que tra
zan círculos en la superficie de los estanques, al
canzaban su tamaño y se creían, por eso, Giradores
de agua. En aquel mundo monstruoso fue fácil de
sollarlo, era tan pequeño, y con su pellejo cortado
en tiras, envolver el girasol en que estaba oculto,
bajo sedas de colores, el ombligo de su padre.

Los augures, al marcharse el brujo de las manos
de tierra colorada, encargado del desollamiento, em
pezaron a girar como trompos.

—¡Xiu —decían saludándola—, dueña del envol
torio de los Giradores, padre e hijo, del envoltorio
de las tres vueltas, del envoltorio de los envolvedo
res de colmenas y entrelazamientos, lo colocará
sobre su ombligo, bajo su ombligo, entre sus pier
nas-montañas!

Así lo hizo la poderosa señora de Chitutul y de su
vientre estéril, bajo el signo de la luna grande, rue
da que giraba entre las nubes, nació un varón que

expuesto al sol se vio que venía acompañado de un hermano mellizo, la sombra de su cuerpo.

El varón nacido de Xiu y su hermano mellizo, la sombra de su cuerpo, Giraluz y Girasombra, oyeron contar que los habían hecho con el pellejo de su padre, ahora prisionero de su esqueleto, estrella de huesos blancos, y nada ni nadie apartó de la confluencia de sus cejas —cejas de sombra tenía varón de carne, cejas de luz varón de sombra—, la idea de buscar, hasta encontrarlo, el esqueleto de Juan Girador, el más famoso de los Giradores.

Xiu, la inmensa Xiu, maternal y lejana, recreaba los ojos en sus hijos, uno de carne y otro de sombra, nacidos ambos del envoltorio hecho con tiras de pellejo y sombra de su padre y su abuelo.

—A ti, varón de carne y a tu hermano, tu sombra —hablábales Xiu— se les enseñó a peinarse con agua perfumada, a bañarse con el alba, a pintarse con tierras de colores en días rituales; se les enseñó, y bueno es que lo recuerden siempre, el uso de los vestidos blancos, el empleo del arco, la flecha y la cerbatana, la cuenta del calendario, el gusto por el pavo al perfume frío, el arte de gobernar una piragua, el uso inmemorial del silencio y el acomodo del sueño en la hamaca. Todo esto se les enseñó y también a cantar, a bailar, pintar, esculpir, edificar, y no queda sino hacerles entrega del envoltorio de los Giradores de la magia de las tres vueltas.

Y allí mismo Xiu les entregó su origen, su protección, el envoltorio del que nacieron, ombligo de abuelo y pellejo de padre cortado en tiras que varón de carne, Giraluz, empezó a desenvolver. Del pellejo del progenitor, cortado en tiras, se hacen los caminos del hijo, y eso hacía Giraluz, varón de carne, desenvolver el envoltorio sagrado.

—Pero no —le dijo su sombra, movía los labios tan pegados a su oreja que sólo él, varón de carne, escuchaba lo que aquél le decía—, no desenvuelvas caminos, no desandes por el pellejo de nuestro padre y señor. Toma el envoltorio y cuélgalo de tu cuello. Perfecto será entonces lo que hagas.

—Por el camino de su pellejo llegaré al lugar en

69

que está la estrella blanca de su esqueleto. Es al
a donde quiero ir, y no tengo caminos, sino sus pro
pios caminos.

—Piénsalo mejor —insistió su sombra—, cuélga
lo de tu cuello, sobre tu pecho.

—Así lo haré por tu consejo... —y tan pront
como Giraluz, varón de carne, colgó sobre su pech
el envoltorio de ombligo y pellejo de sus antepasa
dos, cientos de moscas le cayeron encima, como s
fuera, no un envoltorio, sino una fruta de miel.

Las manos hábiles de su sombra, dedos y dedo
de tiniebla, ataron hilos a las patitas de aquella
moscas. Hilos rojos a las patitas de las moscas ver
des, hilos blancos a las patitas de las moscas negras
hilos amarillos a las patitas de las moscas de sangre

A una espada de los brazos dormidos de Gira
luz, las moscas alzaron el vuelo.

—¡Sigámoslas! —gritó Girasombra, a su her
mano.

Los insectos se alejaban con ruido de telar, cad;
una con un hilo en la patita, formando una cortina
de colores.

Las moscas que volaban adelante, giraron y tra
ellas, en filas de colores, todas las demás. Vuelt;
y vuelta, arcoiris convertido en trompo, sobre lo qu
parecía una estrella y era un esqueleto.

Alguien rondaba cerca. Pasos cascarudos. N
andaba sobre pies, sino sobre cáscaras. Alguien...
pero quién... quién... Su hermano, piel sin ojos
mellizo de sombra que lo acompañaba siempre, so
pló a sus oídos que era de las hierbas que surgía
aquel andar sin nadie encima.

Los pasos se alejaban... se acercaban...

—Soy yo... —se oyó la voz de una mujer hecha
de cañas huecas—, la que ha vivido con tu padre
desde que lo desollaron, si vivir se llama compartir
la existencia con este esqueleto blanco.

Parpadeó. El parpadeo no se le sintió en los
ojos, sino en los labios y como si tartamudeara
añadió:

—Y ahora, duerme, hijo del lejano Hun Batz
duérmete y que duerma dentro de ti, tu hermano

70

de sombra, el de la piel sin ojos, mientras yo yazgo con tu padre, el Girador.

—¿Sueñas? —preguntó a varón de carne, su sombra que dormía dentro de él.

—No... —contestó aquél, pero soñaba que el esqueleto de su padre cubría el cuerpo de una mujer de celajes y ensueño, bajo las moscas que revoloteaban dejando caer una lluvia de hilos de colores.

Al despertar encontró sentada junto al esqueleto de su padre, a una vieja jorobada.

—Las mujeres que yacen con los muertos —le dijo su hermano, su sombra—, envejecen de golpe, y el fruto de su connubio no lo llevan en el vientre, sino en la espalda. Tendremos un hermano más. Tú, de carne y hueso, yo, tu mellizo, tu sombra, y éste que el esqueleto de nuestro padre engendró con fulgor de estrella y que la vieja ésa lleva en la joroba.

Giraluz, varón de carne, no le quitaba los ojos a la bruja greñuda y corcovada. No podía ser, imposible, la que estaba con su padre, mujer tan bella como nunca viera otra.

La bruja atrapó un murciélago llorón y, colgado de las alas, abierta en cruz, frente a su cara ganchuda, le salpicó palabras y saliva:

—Animal de lana tibia, vas a morir a fuego lento. Convertido en ceniza te mezclaré a mi comida. Incorporado a mi sangre, harás camino al que ahora sólo es trementina de estrella, para que baje de mi corcova a mi vientre, transformado en astro de cartílagos y nebulosas violáceas. ¡Que descienda de mi joroba a mi vientre por todos los murciélagos que detrás de mí están girando a esta hora! La desgarradura que hará en busca del vaho de mi matriz, no me arredra. Nada temo con tal que nazca el descendiente verdadero del desollado Girador, engendrado por sus huesos de esqueleto de plata, y no de su pellejo cortado en tiras, como los nacidos de Xiu. Hijo de muerto, al contrario de los engendrados por padres vivos, a medida que crezca, lejos de acercarse, se alejará de la muerte. Nace adulto, lo sé, pero luego será joven, adolescente, niño y sólo entonces, convertido en ser vivo reempezará su existencia, tornando a la adolescencia, a la juventud, a la vejez y a la muerte.

Los mellizos, Giraluz y Girasombra, recibieron al hijo de la corcovada con desconfianza. Pero éste se los ganó por su falta de pesantez. Era un juguete entre sus manos y se les iba, si no lo agarraban, como una pompa de jabón.

Se adelantaron los huracanes y al final de octubre, en medio de una vegetación arenosa, los tres hermanos sintieron el desafío de un tronco altísimo, vertical, sin una rama.

—Es el hogar de los Giradores, aunque no me crean... —les decía Girador Muerto, ingrávido y por lo mismo, el más Girador de los Giradores, pues también era hijo de murciélago.

—Y cómo haremos para trepar y vivir allí —se preguntaban sus hermanos, atormentados—, si no tiene ramas, si no hallaremos sostén...

Una planta de cuchillos verdes y palmatorias de cera blanca, les ofreció sus trenzas. Debían tomarlas para hacer cuerdas largas, los mellizos, pues el Girador-Murciélago, subía y bajaba, porque no tenía peso.

—No llegarán muy arriba... jijiji... —rió la corcovada.

—¿Y no suben las ardillas y los monos? —contestaron los mellizos.

—¿Y para bajar?

—Giraremos... —respondieron los tres, que para el ingrávido el problema era el descenso y tenía que atarse—, giraremos amarrados a las cuerdas que para eso somos Giradores, hijos y nietos de Girador...

Xiu asomó jineteando el caballo alazán en que llegó el lejano Hun-Batz a sus dominios, en el momento en que los tres hermanos, extrañamente seguidos por un esqueleto, trepaban al tronco, con las cuerdas enrolladas al hombro.

Adelante subía Girador-Murciélago, luego varón de carne, seguido de su hermano, varón de sombra, y por último un esqueleto blanco con movimientos de ser vivo.

72

Horas y horas duró la penosa ascensión. Sudorosos, jadeantes, los mellizos y el esqueleto que les seguía, se ayudaban de los brazos, las piernas, las rodillas, los pies, y de puños de arena que frotaban al tronco liso, para no resbalarse.

Por fin, izados los cuatro en lo más alto, Varón de Carne, Varón de Sombra, Hijo de Muerto y Esqueleto Blanco, anudaron las cuerdas a la punta del tronco y luego a sus cinturas para descender volando.

Atados por la cintura con las cuerdas que amarraron a la punta del tronco, se lanzaron al vacío a volar como aves, a girar como astros. Al Norte y al Sur, los mellizos de carne y sombra, hijos de Xiu y el envoltijo hecho con las tiras del pellejo de su padre; al Este, el hijo del muerto y la jorobada y al Oeste, en traje de estrellas, el esqueleto de Juan Girador, feliz a juzgar por su risa, giradientes de calavera, feliz y dichoso por aquel vuelo triunfal.

—¡Todo se glorifica —clamó la corcovada—, los hijos, acompañados del esqueleto de su padre, no dejarán de girar nunca!

—¡Nietos e hijos de Girador —los saludaba Xiu desde su caballo alazán—, nadie que yo sepa ha llegado a las nubes, ha volado tan alto!

—¡Todo se glorifica —clamaba la corcovada—, giran... giran... y no sólo giran, sino los mellizos se transforman en pájaros, mariposas, colibríes, girinos o giradores de agua... giran... giran... en compañía del esqueleto de su padre, bólido de fuego blanco con alas de llamas en el aire, y de mi hijo, Girador-Murciélago, risueño como vampiro! Giran... giran...

Xiu y la corcovada siguen con sus cabezas de montañas inmóviles, vueltas hacia lo alto, el vuelo de los que desde entonces no volvieron a la tierra y se ocupan de hacer girar los astros.

QUINCAJÚ

(¡Oh, valientes que escucháis las historias de Quincajú, oíd la primera!)

Desaparecí del mundo, no porque haya muerto, hubiera sido mejor, sino porque ni me ven, ni me oyen, ni me sienten, como ven, oyen y sienten a los que hachan, aserran, cocinan, construyen, hornean, muelen, cargan, siembran, podan, curan, tejen, escriben, miden, pintan, pesan, esculpen, cantan y trabajan la pluma. A mí, sólo cuando desaparece alguien de la familia me llaman y aparezco en las casas con espanto, como si se apareciera la imagen de la desaparición, y ni por eso me ven, por contemplar al otro desaparecido, al que yo vengo a llevarme, y, si les hablo me oyen sin oírme, por escuchar los lamentos o las pérdidas de palabras, en los caminos del oído, del que me trajo en mala hora a casa, y si alguna vez les abrazo, los brazos dan consuelo, no me sienten, igual que si los abrazara un funcionario...

Así se lamentaba Quincajú, así decía, así hablaba, el pensamiento fijo en la palabra tambaleante, los dedos inquietos en las manos inmóviles porque a esa hora de la tarde, después de cumplir con las libaciones rituales, no tenía la cabeza cabal.

Luego se dijo, paladeándose la lengua de estropajo, gruesa, hormigosa, dulce de la miel de abejas nativas con que se daba sabor de rosicler a la bebida del rito de la desaparición, hecha con miel, corteza de árbol y agua no vista por mujer; se dijo, habló, movió su palabra:

—¡Ah, si pudiera entrar al servicio de la Diosa de las Palomas de la Ausencia, la sagrada Ixmucané, dejaría este encaminar y encaminar desaparecidos hasta la encrucijada de los cuatro caminos, donde los dejo, después de señalarles el buen sendero, el camino por donde no han de perderse, y de advertirles que no están muertos, que sólo han desaparecido del mundo de los vivos! ¡Ah, si pudiera entrar al servicio de la Diosa de las Palomas de la Ausencia, la sagrada Ixmucané, si pudiera desandar todo lo caminado encaminando desaparecidos, que es la distancia que me separa de la Puerta de los Calendarios.

Y mientras hablaba, las cavidades naranjas de sus ojos se llenaban de agua, rotas las alcantarillas de sus lagrimales.

—¡Ah, si me fuera dable llegar a la Puerta de los Calendarios me deslizaría, despegado del gran párpado sin peso de mi sombra, de la sombra que nos acompaña escondida en el cuerpo, recordándonos siempre que nosotros también somos sombras que aparecemos y desaparecemos, párpado que a la hora de la desaparición, es la desaparición misma que se nos echa encima y nos cubre por completo! ¡Me deslizaría más allá de los Calendarios a lo largo de la estera amarilla, tejida con cueros de serpientes de luz, y como todos los que andan por ella, desandan eternidades, desandaría en pocos pasos todo lo caminado encaminando desaparecidos y no volvería jamás a Panpetac!

Se contempló las manos pintadas de azul, sus dientes también asomaban azules entre sus labios carnosos, saboreando, mientras anochecía, como el más sutil vino de la desaparición, la posibilidad de entrar al servicio de la divina Ixmucané, y no volver más a Panpetac.

De madrugada, los ayudantes llamaron a su casa, sin conseguir que abriera la puerta. Primero tocaron suavemente, con el endurecido migajón de sus nudillos. Después a golpes. Acababa de desaparecer el que más había hecho por las construcciones con cal en Panpetac, antes toda vegetal, casas de troncos, techos de hojas de palmera y ahora mineralizada, petrificada, un tal Tugunún, y era necesario estar junto a su cuerpo de hombre vacío, antes que saliera el sol. Asistirlo, pronunciar sobre su cuerpo las palabras que evitan que los huesos del que se vacía y se va, se llenen de silencio, y el canto que hace que se llenen de música los huesos.

Cansados de golpearle la puerta, sin obtener respuesta, los ayudantes entraron por el gallinero, entre el escándalo amodorrado de las gallinas y gallos, y le llamaron a voces:

—¡Quincajúúúú!... ¡Quincajúúúú!...

El eco se oía redondo en la tiniebla. Nadie contestó. En la cocina hallaron fuego enterrado bajo un volcancito de ceniza. Sacaron algunas brasas, las avivaron a soplidos, y encendieron una astilla de ocote que primero chirrió resinosa con el dolor del perfume que se acerca al fuego, y después soltó la llama.

El lecho de Quincajú todo revuelto. A juzgar por los movimientos que quedaron perdidos en las ropas de cama, vueltas y más vueltas, manotazos, estirones, despernancamientos, rodillas al pecho, pies a distancia, y por el desorden en que se encontraba la habitación, vajilla rota, muebles maltrechos, la batalla había sido horrorosa, pero no se inquietaron los ayudantes, contentándose con sonreír con sus dientes azules, porque sabían que esto pasaba cada vez que Quincajú luchaba con la serpiente de su borrachera ritual.

—¡Quincajúúúú...! ¡Quincajúúúú...! —siguieron dando voces y como no contestara, el eco en la tiniebla se oía redondo, se marcharon a cumplir con el desaparecido Tugunún, el de las construcciones con cal, el de las construcciones minerales, antes que el sol que los gallos anunciaban pintara de colores la tierra, y por falta de asistencia mágica se le llenaran los huesos de silencio y no de música, aunque se lo merecía por haber dado nacimiento a las ciudades de piedra y echado a las afueras, a los barrancos, las casas vegetales de Panpetac, casas de troncos que retoñaban mientras dormía el hombre, retoñaban y echaban raíces, de paredes de caña que tenían el color de la luna, y techos piramidales.

Nadie volvió a saber de Quincajú. Desaparecido

por desaparecido, prefirió desaparecer de Panpeta
sin acompañamiento de plañideras, sin música d
flautas, sin sus ayudantes que entonces le hubiera
servido de principales guiadores.

Un pastor de cabras con las pupilas como gran
zos negros, contó que asomado el día se le habí
pintado y despintado de los ojos un hombre qu
le preguntó por dónde quedaba la Puerta de lo
Calendarios...

Quincajú pensaron los que lo oyeron, Quincajú
dijeron los que le vieron mover su palabra, move
sus labios, mover su lengua, mover sus pupilas d
granizo negro, de ese granizo que llovió al comien
zo del mundo para que todos tuvieran ojos en Pan
petac.

¡Desapareció el desaparecedor...! ¡Desapareció
el desaparecedor Quincajú!... lloraban los ayudan
tes, arremolinados en su tristeza alegre de ser uno
de ellos el que lo sustituiría, pero aunque toda la
ciudad le lloraba recordando sus virtudes y el de
fecto de su afición a las bebidas rituales, Quincajú
estaba contento de haber desaparecido de Panpetac
donde, antes de su desaparición, era ya un honora
ble desaparecido, por su función de acompañar a
los que desaparecía y por su edad, pues los muy
viejos, todos los que superan su tiempo, van siendo
como desaparecidos entre los vivos.

Nadie tuvo duda. Quincajú fue el que preguntó
al cabrero por dónde quedaba la Puerta de los Ca
lendarios, Quincajú, como le llamaban por haber
nacido en una región famosa por sus osos miele
ros, los más grandes y feroces borrachos, porque se
embriagaban con miel y matan con sus garras em
papadas en dulzura, y también famosa por sus tem
plos y juegos de pelota.

—¡Ah, si la divina Ixmucané, Diosa de las Palo
mas de la Ausencia, me permitiera quedar a sus ser
vicios —se iba repitiendo Quincajú—, pero para eso
me tengo que despintar las uñas y los dientes azu
les!

Todo lo hizo. No parecía despintarse, sino irse
pintando de blanco, a medida que raspaba con la

iedra pómez el color de duelo de sus uñas y sus
ientes. ¡No más araños azules de Quincajú! ¡No
ás risas azules de Quincajú!

Quedó tan satisfecho de su trabajo que no se
onocía con las uñas y los dientes blancos, como las
ñas y los dientes del maíz blanco. Pero también
ebía cortar sus cabellos de hilos gruesos pestilen-
s a llanto seco. No tenía con qué cortarlos. Se
ontentó de recogerlos sobre sus orejas. ¡Ah, sen-
r las orejas destapadas! Era otro. Era un hom-
re nuevo. Oír oír sin la cortina ritual de sus vie-
as mechas sobre los pabellones de sus orejas ja-
ás expuestas al sol.

Más adelante comió cañas dulces, en un valle pro-
undo, al pie de las Montañas de Águilas Blancas,
or sus picachos desnudos con apariencias de águi-
s, y bebió agua de coco y durmió al lado de su
uchillo de obsidiana, temeroso de los jaguares y
s pumas que empezaban a rondar su olor. El
iedo a los dientes y a las garras de las fieras le
rituraba los huesos, cuando se desplomaba de can-
ancio, y lo hacía correr despavorido, trepar a los
rboles, otear horizontes infinitos, saltar regatos,
uando recobraba las fuerzas husmeaba, presentía,
ía en el viento la proximidad de los jaguares y los
umas.

No alcanzó a huir esa noche. Un tigre lo sintió
n una cueva. Se dio cuenta que estaba andando
ajo tierra, porque sobre su cabeza todo se veía os-
uro, sin estrellas. Una caída de agua retumbaba
dentro. Y allí había un grillo, un grillo que le vio
ntrar con sus ojitos de canela caliente.

—¡Quincajú, no tengas miedo —oyó que le dijo
l grillo— yo puedo más que el tigre! Escóndete
ás adentro para que no te huela y me compro-
eto a salvarte...

Era tan pequeña cosa aquel animalito que no le
izo caso. ¡No voy a desaparecer, se decía Quin-
ajú, sino a morir! ¡Qué doloroso! ¡Yo que acom-
añé tanto desaparecido hacia los cuatro caminos,
o alcancé la suerte de la desaparición sino la muer-
e! ¡El que es devorado por una fiera, muere, mue-

re su carne, y en ese caso me convertiré en tigre
dejaré de ser Quincajú!

—¡No dejarás de ser Quincajú! ¡Te salvaré!..
—le seguía el pensamiento el grillo, sin dejar d
mirarlo con sus ojitos de canela caliente.

—¡Cómo vine a caer en garras de la muerte
—se lamentaba Quincajú—. ¡Mejor desaparecido
¡Mejor desaparecido!...

—¡Te salvaré! —le repetía el grillo, en su ch
rrido— ¡Te salvaré! Yo puedo más que el tigre.

—¿Puedes más que el tigre, infeliz insecto?..
—se indignó tanto contra el animalito, cuanto co
él mismo que creyó que era el que se forjaba aqu
lenguaje de esperanza, en la peor de las postrim
rías de la muerte.

—¡Puedo más que el tigre! ¡Te salvaré con m
canto! Escóndete más adentro para que no te hu
la, y mis aliadas son dos veces el número de estre
llas que hay en el cielo, sólo que convertidas e
gotas de agua.

La presencia arrolladora del felino que penetr
a la cueva de un salto (¡Ah, cómo liberar su furi
de los barrotes de oro de su piel! ¡Oh, valiente
que escucháis las historias de Quincajú!) no le di
tiempo a dudar del grillo, a preguntarse si el grill
podía o no salvarlo con su canto. Era su postre
esperanza. Y corrió a esconderse a lo más hond
de la cueva, por donde se oía caer en cascada u
inmenso río subterráneo.

—¡Grillóóóó! —rugió el tigre— callas o te apla
to...

—¡O te aplasto yo a ti! —chirrió el grillo co
aire festivo.

—¿Tú a mí?

—¡Sí, yo a ti, porque si dejo de cantar se de
ploma la cueva sobre nosotros! ¡Yo sostengo el t
cho de la cueva con mi canto, por eso no me callo

—¡Calla te he dicho, y obedece, pues prefíer
morir aplastado que perder mi presa y morir d
hambre!

—¡No! ¡No! ¡No puedo callarme! ¡Estoy sost
niendo la cueva con mi canto! ¡Sólo que espere

que salga dejo de cantar! ¡No quiero quedar enterado en esta triste cueva!

—¡Pero que sea pronto... —se abalanzó el tigre contra el grillo de ojitos de canela caliente, sin lograr amedrentarlo, romper el ritmo de sus ángulos en movimiento—, porque ya me tarda la gana de comerme a mi presa...!

El chirrido del grillo se oyó apartarse de la cueva. Riii... Riii... Riii... se iba yendo poco a poco.

Se detuvo antes de salir:

—Mira que si me voy, ya estoy para salir, se desploma la cueva que mi canto sostiene...

El felino por única respuesta se golpeó los flancos con la cola. Dos latigazos que el eco de la sombría oquedad repitió multiplicados.

—¡Riii...! ¡Riii...!

No veía nada. Unos grandes párpados de lodo endurecido. No oía nada. Unos grandes tapones de lodo endurecido. Y sobre su piel el peso de su vestimenta de lodo que lo iba oprimiendo, ahogándolo, reduciéndolo a piedra.

No era un muerto. Era un desaparecido. Esto lo consoló. Aunque no llegara a la Puerta de los Calendarios. Pero debía asistírse o bien desaparecer él mismo, para que sus huesos no se llenaran de silencio sino de música, para que sus huesos fueran cortados y convertidos en flautas, para que su cráneo fuera aprovechado de panza de tamboritos.

¡Oh, valientes que escucháis las historias de Quincajú! ¡Ésta es la primera y son cientos...!)

—¿Quién me golpea? —preguntó Quincajú, metido en su coraza de lodo vuelto piedra.

—¡Cómo quién te golpea...! —y en la voz creyó reconocer al tigre, pero el tigre había muerto aplastado por la cueva que sostenía el canto del grillo.

—Sí, no sé quién me golpea.

—¡Pues debías saberlo! —y al oír por segunda vez el bramido más dorado que el del tigre, se dio cuenta que era un puma.

—Esperaré a que llueva para que se deshaga es
caparazón que tienes encima.

—¿Y como está el cielo? —le tembló la voz
Quincajú. Morir. Morir. No, era horroroso, sabe
que iba a morir. ¿Por qué no lo dejaban así com
estaba, y enterrado, desaparecido a medias, pero e
vías de desaparecer por completo?

Empezó a llorar, pero pronto se dio cuenta qu
con sus lágrimas iba a humedecer la cáscara de s
caparazón y que por allí podía empezar a banque
tearse el puma.

—¡No, no debo llorar! —se decía, pero llorab
nada ni nadie corta el llanto del que va a mori

—¿Cómo está el cielo? —remontó su esperanz
no me has contestado. Toda su esperanza la fijab
en que fuera un día sin nube.

—Se está nublando... —le contestó el puma
tajante, mentiroso.

—Ah, maldito grillo, mi benefactor en la cueva
maldito porque mejor hubieras dejado que m
manducara el tigre, bien que uno no tiene preferen
cia por león o tigre para que se lo coman, per
al menos no me hubieras dado la esperanza de qu
las gotitas de agua, más numerosas que las estre
llas del cielo, eran tus aliadas y me ayudarían
salvarme. Por el contrario, lejos de protegerm
como tú decías, ahora disolverán mi caparazón d
lodo, y el puma me comerá en seguida.

Pero, el puma impaciente empezó a arrancars
los bigotes con las garras. El pompón de su col
llegaba hasta sus fauces y lo masticaba, embadu
nado de saliva... sin encajarle mucho los diente
presa de la desesperación de no poderse manda
al estómago, con el hambre que tenía, aquella vian
da tan apetecible. Sus pupilas, brillantes como a
mendrones, paseaban por el cielo lavado. Ni un
nube.

Su desasosegamiento lo hizo dar unos mano
tones sobre la caparazón de lodo pétreo que guar
daba a Quincajú, y un rugido de felicidad par
tió el silencio. A manotazos podía romper el barr
y de aquella como olla en pedazos saldría el hom

84

bre cocido en su sudor, como quien dice en su
ugo.

—¿Quién me salvará? —se preguntaba Quincajú,
sintiendo que se le destrozaba el cráneo, la cabeza, los huesos todos, a cada manotazo del puma
sobre el envoltorio.

No lo pudo evitar. Uno de sus manotazos pre-
cipitó la mole de barro con su presa adentro, por
una ladera que daba a un río de veloz corriente y
cauce profundo. Saltó, elástico y dorado, con la
velocidad del relámpago, pero no pudo atajarlo,
trueno fue su bramido y cayó de lomo, con las
piernas abiertas, juguete por unos momentos del
caudal del agua que se llevó, se tragó a Quincajú,
en lo que ya era algo así como su costra funera-
ria. Allá está el puma en la orilla, lamiéndose con
la lengua cosquillosa la pelambre mojada, sin dejar de ver al río, y más lejos, entre peñascales, el
espectro de un hombre con los huesos molidos, mo-
lida la carne, que no parecía salir del fondo de las
aguas, sino haber rodado por un despeñadero.

Alboreó el día y pasó. Alboreó otro día y pasó.
Alborearon y pasaron muchos días con sus noches
de enjambres dorados y furiosos.

Por fin pudo Quincajú escupir una baba de hiel,
contrayendo las costillas casi quebradas, con la
boca como embudo de él mismo hacia afuera; vó-
mito amargo, ácido de fuego muerto que verdeó
entre los cangrejos charolados, caprichosos, com-
bativos, y las tortugas de carne ceniza encerradas
en el lujo de sus careyes.

Agotado, sin memoria, vacío, tuvo la sensación
de volver a ser Quincajú por la gratitud que se
prendió a su pecho como una enredadera a su respiración. A alguien tenía que agradecer el no haber muerto, el poder desaparecer, así, por consun-
ción. A alguien... y a la vista del cielo, el gran
varioloso de oro, las miriadas de estrellas fulgu-
rantes le recordaron que había salvado de perecer
ahogado en el fondo del río, por la premura con
que las gotitas de agua deshicieron la caparazón
de lodo que lo encerraba, y que antes había esca-

pado de terminar triturado entre las mandíbula
del puma, porque esas mismas gotitas no había
acudido a los llamados de la fiera que rugía co
un rugido vertebrado y profundo, para que las ne
bes creyeran que era el trueno y corrieran a pone
al rayo las sábanas calientes de la lluvia.

El grillo se lo anunció. Millares de gotitas d
agua, tantas como estrellas hay en el cielo, te sa
varán. Y se había cumplido. No vinieron en fo
ma de lluvia. Se unieron hasta convertirse en la
minas para ocultarlo en el fondo de un río.
ahora, lo liberaban de la cueva ambulante que en
volvía su cuerpo. Cada uno de aquellos mundo
redonditos, invisibles, embebía una partícula d
tierra dura, la ablandaba, la humedecía, se la lle
vaba. Y así fue como su cuerpo quedó libre
flotando tan en la orilla que el vaivén de la corrien
te lo arrastró a los pedregales.

¡Tiuh...! ¡Tiuh...!, pasó un gavilán no mu
grande. Quincajú pudo mover la cabeza para se
guir su vuelo, contemplarlo en medio de la comb
azul, inmóvil, detenido, y caer como una sonda
preciso, carnicero, hacia la serpiente mojada de
río, pero se desvió y al levantarse de nuevo, lleva
ba una perdiz herida en sus pequeñas garras.

—¡Gavilán! ¡Gavilancillo...!

—¡Tiuh...! ¡Tiuh...!

—¡Gavilán, Gavilancillo, no es una perdiz la que
llevas en tus garras sino mi corazón! Gota a got
pierdo mi miel de rubíes y no llegaré al país a dor
de iba. Extravié el camino y ahora el humo s
amontona en mis ojos. ¡Oriéntame! ¡Déjame qu
me dispare de todos los puntos falsos del arco d
los flecheros cadenciosos de los cuatro costados de
cielo! No seré yo el primero en llegar a donde e
sol levanta sus estandartes, que es hacia donde voy
si no me engaño, si Panpetac, espalda de tierra mo
jada, sigue entre los cardos, sobre los cardos, a
Poniente.

—¡Tiuh...! ¡Tiuh...!

—¡Tiuh...! ¡Tiuh...!, dame las cuatro memo
rias del sueño del hombre despierto. Necesito se

guir adelante, pero no puedo sin antes colocar las lluvias en sus estruendos de plata, en su silencio a los árboles secos y en su congoja a los animales en brama. Los dioses, los seres, las cosas, no pueden quedar así, sin que yo las ordene, les dé su cabida en la luz, en el misterio, en la sombra, en la palabra devoradora. En medio de mi pecho, se detendrá mi corazón, como te detienes tú en medio del cielo. ¿Veré sin corazón el país de la Diosa de las Palomas de Ausencia...?

(¡Oh, valientes, no le miréis, oídlo! ¡No le miréis la cara pantanosa, oídlo!)

Los pies entre las piedras no echan raíces. Entre las piedras y la cal y las arenas. Por eso pude escapar de Panpetac. Nadie puede irse de las ciudades vegetales. Y por eso me voy de aquí con sólo sacudir mis tobillos sucios de arena húmeda, ahora que los cangrejos y las arañas empiezan a considerar mis dedos parte de su anatomía. Tengo el cuerpo de fuera. El río me amontonó todo el cuerpo afuera. Nada me dejó dentro. Y allí pudo caber la muerte que ya empezaba a traer sus colchas de sueño. ¡Luceros! ¡Luceros lanares con titilar de balido! ¡Voy contra vientos y luceros...!

LEYENDA DE LAS TABLILLAS
QUE CANTAN

En las tejavanas de los templos de tiniebla y agua, alzados en zancos de pirámides, tejavanas de madera coloridas al final de escalinatas que caían como cascadas de cantos rodados; en los dinteles de las fortalezas de muros de granizo petrificado; en los quicios de las casas de todos los días y todas las noches, construidas con troncos de árboles sobre colinas siempre verdes, amanecían con la luna nueva tablillas cubiertas de símbolos y signos pintados para el canto y el baile, y depositadas allí, antes del alba, anónimamente, por los Mascadores de Luna que llegaban de los bosques, sin dar la cara, sin dejar huellas, urgidos, cautelosos, arropados en ligero ripio de neblina.

Distribuidas las tablillas, poemas para cantar y bailar, que apenas eran fragmentos de la estera de palabras sin precio: himnos a los dioses en los templos, cantos de guerra en las fortalezas, canciones floridas en las casas, los Mascadores de Luna se perdían entre la muchedumbre por los mercados, los juegos de pelota, las escuelas de tierra blanca, o se ocultaban en las afueras de la ciudad a comer luna helada, luna creciente, luna que de pronto no les cabía más en la boca ni en los ojos, por ser ya la primera noche de plenilunio.

Esa noche, desde uno de los templos de tiniebla y agua, tiniebla vegetal y agua de oro plenilunar, desde una de las fortalezas de granizo petrificado y torres de dientes rojiamarillos por el fulgor de los blandones de ocote, desde una de las casas construidas sobre colinas verdes, desgranaría la mazorca de maíz el himno sacro, salpicaría sangre de batalla la arenga guerrera, deshojaría flores de dicha el madrigal, en las voces de los que cantaban para

91

coronar, con las tablillas escogidas, de maíz, sangre y amor aquella lunación poética.

Si la voz subía de uno de los templos alzados sobre zancos de pirámides, el Mascador de Luna, autor de la tablilla que cantaban, vestía de fiesta de maíz, se presentaba a los sacerdotes, astros de plumas asomados a las estructuras geométricas, y recibía de sus labios, entre pompas rituales, el nombre de consanguíneo de los Dioses, y de sus manos enguantadas en mazorcas de perlas, el collar de agua inmóvil, trenza de cristal de roca que ornaría su cuello de agujas refulgentes.

Si la voz subía de una de las fortalezas de granizo petrificado, el Mascador de Luna, autor del canto de guerra escogido para entonarlo en las atalayas aquella noche de luna grande, vestía luz de planeta joven, se presentaba a los guerreros, huracanes de plumas de quetzal, y recibía de sus labios, entre retumbar de atabales, el nombre de Flechador de Cantos de Guerra, y de sus manos teñidas de sangre de pitahaya, el dardo de la noche adamantina.

Pero, dónde encontrar el mando nacido de copales hablantes, de palabras que pegan las cosas...

Debe llevarlo, mandatario de arcoiris, el Mascador de Luna que oyó cantar su tablilla en una de las casas de todos los días y todas las noches, construidas sobre colinas verdes. Allí, entre frutas de carne dulce, azote de chupamieles, humo de barrer sueños, cacaos sanguinarios, pájaros en jaulas y polvo de tabaco, Señor del Espejo que Cambia, y le entregarían Eminentes de Cabelleras de Colas de Alacrán, asida de las alas nerviosas, una paloma de plumón de espuma.

Lunaciones de los meses sin lluvia. Poesía pintada para cantar y bailar. Cada lunación abarcaba desde el jeme de gracia de la luna tierna, hasta la primera noche de la luna grande, más grande en el espejo de un lago inmóvil y profundo, en el doble plenilunio de cielo y agua que repetían con las lenguas de sus ecos, los nombres de los Mascadores de Luna, cuyos poemas cantados aderezaban el silencio de la noche divina.

Medianoche plenilunar. Las tablillas que no se cantaban servían para encender el fuego de los murciélagos, fuego que convertía en ceniza fugaz los poemas rechazados por visibles invisibles agoreros reunidos en un baño de leche blanca, y, mientras consumíanse maderas, pinturas, jeroglíficos, entre llamas de colores y oros de miniaturistas, los Mascadores de Luna que no habían conseguido en esa lunación poética, la faz de Consanguíneos de los Dioses, la faz de Flechadores de Cantos de Guerra, la faz de Señores del Espejo que Cambia, internábanse en los bosques a componer nuevos cantos, y a pintar nuevas tablillas con sangre sonora de pájaros gorjeantes, cascabeles de burbujas de agua, resinas mágicas, tierras de colores y polvo de piedras imantadoras de pensamientos con música, usoabusando del amarillo-maíz en sus himnos religiosos, del rojo-sangre en sus canciones guerreras, del verde-tierra y el azul-cielo en sus cantares amorosos, entre el cielo y la tierra el amor cabía entero, y no volvían a las ciudades ceremoniales, sino pasado el interlunio, con poemas recién pintados, fragmentos frescos de la estera de palabras sin precio, más larga que la vida de todos los hombres, de todos los pueblos, tejida con la lengua de las pequeñas gentes y las grandes tribus, las sedentarias y las trashumantes que cantaban misteriosamente con los pies de sus poetas de plantas tatuadas de signos astrológicos. Detrás de las tribus que se iban obedeciendo la lógica de los astros, los pies de sus poetas dejaban la cauda de su poesía estampada en el polvo del camino.

Y hasta siete veces podían los Mascadores de Luna tomar parte en aquellos lunarios poéticos. Hasta siete veces, porque si siete veces crecía la uña plateada de la noche, si siete veces los árboles alunados se quemaban parpadeando, no hojas, sólo párpados de oro, el firmamento también se quemaba parpadeando, si siete veces botaba la noche su pelo de pimienta negra, si siete veces le dolían las olas como muelas al *carinchada* del mar, sin que aquellas posesos, enloquecidos lunáticos oyeran entonar sus canciones, caía sobre ellos el peor de los castigos, el ridículo y la burla: se les tomaba prisioneros, vencidos en la guerra poética, y se les sacrificaba en medio de danzas grotescas, extrayéndoles del pecho una tablilla de chocolate en forma de corazón.

Utuquel, Mascador de Luna, lluvia de pelo verde, máscara muerta de esponja de luciérnagas, participaba por última vez en el certamen de las tablillas que cantan. Seis novilunios seguidos bajó Utuquel de sus montañas de bálsamos y tamarindos trayendo envoltorios de hojas frescas que empapaban de rocío sus cantos escritos con punta de espina de sacrificio, sin conseguir que los Murciélagos del Baño de Leche Blanca, como llamaban a los visibles invisibles agoreros del jurado, le otorgaran el collar de agua inmóvil, el dardo de la noche adamantina o la paloma de plumón de espuma, bien que el verdadero premio, el más ambicionado por los Mascadores de Luna, fuera oír que coronaban con sus cantos sacros, épicos y líricos, maíz, sangre y amor, la primera noche de plenilunio.

Ahora bajaba Utuquel por última vez a desafiar a los murciélagos. Era su séptima lunación. Pececillos íntimos le bebían los pies en los regatos. Iba acercándose a los templos, a las fortalezas, a las casas, oculta la faz en su máscara luctuosa de esponja de luciérnagas, sus hombros llovidos de cabellos verdes, las manos entregadas a la sal del llanto, desolado, presintiendo su derrota definitiva y la befa del sacrificio fingido.

—Crear es robar... —se decía Utuquel en voz alta para poner de su parte, al aceptar su condición de humilde artista robador de cosas sabidas y olvidadas, a los visibles invisibles agoreros que en alguna parte celebraban consejo para calificar las tablillas—. Crear es robar, robar aquí, robar allá, robar en todas partes en grande y en pequeño, cuanto se necesita para la obra de arte. No hay, no existe, obra propia ni o-ri-gi-nal —enfatizó, en los juegos de pelota había oído a los murciélagos censurar a los Mascadores de Luna que creían encabezar escuelas poéticas originales—, todas las obras de arte son ajenas, pertenecen al que nos las da prestadas desde el interior de nosotros mismos; por mucho que digamos que son nuestras, pertenecen a los ocultos ecos, y las lucimos como propias, prestadas o robadas, mientras pasa el siglo. Los dioses confesaron a qué hora y en qué lugar robaron, como tacuatzines, la sustancia empleada para crear al hombre, pero se guardaron de decir dónde robaron todo lo que les sirvió para crear el mundo.

Utuquel rompió jaulas de pestañas convertidas por el sueño en trampas de pelo fino, luchando con sus párpados, vientres de arañas panzonas, en el desvelo buscador, obsesivo, adivinatorio, hasta encontrar la posibilidad de la figura en movimiento, del símbolo preso en la cárcel del glifo y el suelto en los ojos del aire, de la nueva poesía, vuelo de mariposas, respiración de mariposas, sobre nudos de serpientes solemnes, del poema que dejaría de ser niebla dormida en signos petrificados, para transformarse en lluvia de mitos y constelaciones.

—¡Herejía! ¡Herejía…! —gritaban los agoreros en su baño de leche blanca—. ¡Herejía de baratista…!

No le conocían, pero qué podía esperar Utuquel de esta séptima y para él última lunación, sino anatema y fuego. Quemarían sus cantos. Su canto a los minerales alucinados, fosforescentes, que recorren los espacios celestes, tablilla que dejó en el templo del Dios de la Lluvia. Su canto a los vegetales fantasmas, árboles que fingen esqueletos de rarísimos guerreros en lucha contra la tempestad, tablilla que dejó en una de las fortalezas. Su canto a los animales inimaginables que modelan los alfareros para combatir el hastío doméstico, tablilla que depositó en el quicio de una de las casas.

Incierta la luz de su máscara de esponja de luciérnagas, verde la lluvia de sus cabellos, se adelantaba a su posible fracaso para conjurarlo:

—Yo, Utuquel, Mascador de Luna solitario, seré mañana el sacrificado de corazón de chocolate, no tejeré más la estera de palabras sin precio, tejeré cenizas, tejeré flores marchitas... Pero ¡no...! por qué yo... —revolvíase contra sus presentimientos—, yo que si hablo hago el presente, si callo hago el pasado y si hablo dormido hago el futuro...

El futuro se estaba haciendo ya, el futuro se estaba haciendo canto que subía de una de las fortalezas al asomar la luna inmensa, redonda, ritual, la luna de los pinos de trementina de plata, silenciosa, sin uso.

Perdido, sonámbulo, sin peso, sin pies como la luna, Utuquel se detuvo a escuchar su canto a los árboles-guerreros en lucha contra la tempestad.

Y no sólo el retumbo de las voces guerreras en la fortaleza de las grandes piedras redondas, pulidas, espejeantes, lúcidas, y el carambolear del eco, atabales y trompetas, detuvieron su paso, sino las imágenes surgidas de su canto, que los coros pintaban en el aire, la visión de gigantes carbonosos contra cielos de fuego. La tormenta avanzaba descuartizando ceibas, ahora sólo humo sobre la esparcida sangre de los quebrachos colorados, derribando palmeras y cocales de hojas convertidas en tenazas de alacranes iracundos, entre aguaceros de joyería huracanada y relámpagos que en un abrir y cerrar de ojos fosforescentes se tragaban cedros, guayacanes, madroños, liquidámbares, guachipilines, granadillos, conacastes, caobos, matilisguates, eucaliptos. ¡Utuquel! ¡Utuquel!, se gritaba el Mascador de Luna, horrorizado ante el espanto desencadenado por su canto envuelto en truenos. Debía pedir perdón, arrodillarse ante la luna la noche de su trofeo, perdón por su magia, perdón por su poder creador de realidades superpuestas, perdón por la fábula de mundos imaginarios que sustituían y anulaban lo real. Sí, debía pedir perdón, llamar a las iguanas que son seres del sol, asarlas a fuego blanco en la casa de la luna y untado de ceniza de iguana, negar su canto, desconocer su creación, su himno a la guerra de los árboles contra los elementos batalladores.

Pero era su séptima lunación, la última vez que

96

podía participar, como Mascador de Luna, en el certamen de las tablillas que cantan, y cómo guardar su máscara de luciérnagas heladas, seguir de incógnito, sin exponerse a que le sacrificaran, vestido de yeso, en fiesta bufa y fingido corazón de chocolate.

¿De qué hongo, de qué humo, de qué arena embriagante extrajo símbolos y signos que en contacto de la cábala del aire transformábanse en la más horrible de las visiones de tormenta, turbando la serena dulzura de la casa de la luna?

¿Por qué no escogieron los Murciélagos del Baño de Leche, su canción a los animales inimaginables, creados por la fantasía de los alfareros para conjurar el hastío doméstico? sería el feliz endiosado. ¿O su himno religioso a los minerales incandescentes que recorren los espacios como dioses de chispas de diamante? Cerró los ojos. Apretó los párpados. Todo volvía a ser distancia. Lo perseguía su canto, crecido, oleante, en contraste con la paz de la noche de plata dulce. Lo perseguían las voces, el retumbo guerrero de la gran fortaleza. Se cubrió los oídos, las orejas claves musicales cartilaginosas en el pentagrama de sus dedos. Todo volvía a ser distancia en los espejos. Plenilunio. Níqueles. Azogue. Gente que paseaba ardillas ariscas de colas escarchadas, micoleones de pelo de alcanfor, mapaches con anteojeras de tiniebla, o discutía acaloradamente el escándalo de las nuevas escuelas poéticas, el canto a los árboles-guerreros premiado en la fortaleza espejeante.

Utuquel avanzó por la plaza de reflejos, en medio del clamor. El pueblo saludaba a los Mascadores de Luna que iban a recibir las insignias de sus premios y sus preciosos títulos. Plumas, penachos, escudos, cautivos, todo en torno de su sombra solitaria, su lluvia de pelo verde, su máscara de esponja de luciérnagas que sólo se quitaría al llegar y presentarse a recibir el dardo de la noche adamantina.

Entró en la fortaleza por todas partes, por cada piedra espejeante que reflejaba su imagen y el más joven de los flecheros, piel color de tabaco en rama, le condujo a través de patios mojados de rocío lunar, suaves escalinatas de beneplácito, terrazas de arena dorada y estancias con los muros cubiertos de trofeos de caza, hasta las atalayas de las altas esperas.

Desde allí se dominaba el juego de pelota, brillantes los anillos de alabastro adosados a los muros oblicuos, el adoratorio de los jaguares y los obrajes de los que tejían esteras o bordaban con alas de mariposas.

La ceremonia se inició al llegar los caudillos. El más rico en plumajes, el más florido en heridas de combate, el engalanado Guerrero de los Cuatro Estandartes, se adelantó a saludar a Utuquel —el poeta—, dándole el nombre de Flechador de Cantos de Guerra y puso en sus manos el dardo de la noche adamantina. Estruendo de batalla. Lluvia de flechas disparadas a lo alto por filas de guerreros dispuestos en las escalinatas como los signos en la tablilla premiada. Tambores de cara redonda. Golpear en la imagen de la luna llena los huesos de los ausentes. Tortugas doradas. Golpear en las caparazones el tiempo detenido y beber en el eco del resquemor del carey.

El recién consagrado Flechador de Cantos de Guerra, sostenía en las dos manos, apoyándola sobre su pecho, la tablilla premiada, frente a los capitanes que entraban de uno en uno, se detenían y soplaban los signos pintados en ella, para avivar sus colores, sus símbolos, su magia, su fuego inapagable, su poesía de espejos que al respirar cantaban.

Un repentino movimiento de oleaje entre los cientos, los miles de guerreros que llenaban la plaza turbó la ceremonia.

Uno de los caudillos, el Caudillo Jefe de la Fortaleza Espejeante, borró con su soplo lo que Utuquel —el poeta— había escrito en la tablilla premiada, y la fiesta fue desolación, ceniza de eclipse el plenilunio, silencio el canto, y se arrastraron por el polvo las banderas de piel de tigre, las sombras pestañudas de los árboles, los dedos de las flores, los panales de miel, la estera de palabras sin precio, y de la Fortaleza de Espejos, repentinamente apagados, salió Utuquel —el poeta— con su tablilla en blanco condenado a depositarla en lo más alto de uno de los volcanes.

Y no sólo Utuquel, Mascador de Luna llovido de cabellos verdes, las manos entregadas a la sal del llanto, sino muchos son los poetas condenados a depositar nubecillas blancas en los cráteres de los volcanes, semillas de las que salen los colores que el sol le robó a la luna, valiéndose de la treta de la tablilla apagada, para formar el arco-iris.

LEYENDA DE LA MÁSCARA DE CRISTAL

¡Y, sí, Nana la lluvia, el que hacía los ídolos y preparaba las cabezas de los muertos, dejándolas desabrido hueso, betún encima, tenía las manos tres veces doradas!

¡Y, sí, Nana la Lluvia, el que hacía los ídolos, cuidador de calaveras, huyó de los hombres de piel de gusano blanco, incendiaron la ciudad entonces, y se refugió en lo más inaccesible de sus montañas, allí donde la tierra se volvía nube!

¡Y, sí, Nana la Lluvia, el que hacía los dioses que lo hicieron a él, era Ambiastro, tenía dos astros en lugar de manos!

¡Y, sí, Nana la Lluvia, Ambiastro huyó del hombre de piel de gusano blanco y se hizo montaña, cima de montaña, sin inquietarle la ingrimitud de su refugio, la soledad más sola, piedras y águilas, habituado a vivir oculto, a no mostrarse mientras creaba las imágenes sacras, ídolos de barro y cebollín, y por la diligencia que puso en darse compañía de dioses, héroes y animales que talló, esculpió, modeló en piedra, madera y lodo, con los utensilios que trujo!

¡Y, sí, Nana la Lluvia, Ambiastro, faltando a su juramento de esculpir en piedra y sólo en piedra, mientras durara su destierro, se dio licencia para tallar, en su caña de fumador de tabaco, un grupo de monitos juguetones, asidos de la cola, los brazos en alto como queriendo atrapar el humo, y en un grueso tronco de manzanarrosa, el combate de la serpiente y el jaguar!

¡Y, sí, Nana la Lluvia!

Al nacer el día, luceros panzones y tenues albaluces, Ambiastro golpeaba el tronco hueco de palo de manzanarrosa, para poner en movimiento, razón de ser de la escultura, al jaguar, aliado de la luz, en su lucha a muerte con la noche, serpiente inacabable, y producir sonido de retumbo, tal y como se acostumbraba en las puertas de la ciudad, al asomar el lucero de las preciosas piedras.

Glorificado el lucero de la mañana, alabado todo lo que reverdecía, recortados los desaparecidos de la memoria nocturna (...nadie hubiera tomado su camino y ellos no regresarán...), Ambiastro juntaba astillas de madera seca y a un chispazo de su pedernal nacía aquel que se consume solo y tan prontamente que jamás le dio tiempo para esculpir su imagen de guacamayo de llamas bulliciosas. Encendido el fuego, ponía a calentar agua de nube en un recipiente de barro y en espera del hervor, soltaba los sentidos a vagar sin pensamiento, felices, fuera de la cueva en que vivía. Montes, valles, lagos, volcanes apuraban sus ojos, mientras perdía el olfato en la borrachera de aromas frutales que subía de la tierra caliente, el tacto en el pacto de no tocar nada y sentirlo todo, y el oído en las relojerías del rocío.

Al formarse las primeras burbujas, corrían como perlas de zoguillas desatadas por la superficie del agua a punto de hervir, Ambiastro sacaba de un bucul amarillo un puño de polvo de chile colorado, lo que cogían cinco dedos, y lo arrojaba al líquido en ebullición. Un guacal de esta bebida roja, espesa, humeante, como sangre, era su alimento y el de su familia, como llamaba a sus esculturas en piedra, coloreadas del bermellón al naranja.

Sus gigantes, talla directa en la roca viva, bañados de plumas y collares de máscaras pequeñas, guardaban la entrada de la cueva en que a los jugadores de pelota, en bajorrelieve, seguían personajes con dos caras, la de la vida y la de la muerte, danzarines atmosféricos, dioses de la lluvia, dioses solares con los ojos muy abiertos, cilindros con figuras de animales en órbitas astrales, dioses de la muerte esqueléticos, enzoguillados de estrellas, sacerdotes de cráneos alargados y piedras duras, verdes, rojizas, negras, con representaciones calendáricas o proféticas.

Pero ya la piedra le angustiaba y había que pensar en el mosaico. Desplegar sobre las paredes y bóvedas de su vivienda subterránea, escenas de ceremonias religiosas, danzas, asaeteamientos, cacerías, todo lo que él había visto antes de la llegada de los hombres de piel de gusano blanco.

Apartó los ojos de un bosquecillo de árboles que ya sin fuerza para izarse, tan alto habían nacido en las montañas azules, se retorcían y bajaban reptando por laderas arenosas, pedregales y nidos de aguiluchos solitarios. Apartó los ojos de estos árboles casi culebras, al reclamo de los que sembrados en estribaciones más bajas, subían a ofrecerle sus copas de verdores fragantes y sus hondas carnes amorosas. La tentación de la madera lo sacaba de su refugio poblado de ídolos pétreos, gigantes minerales, piedras y más piedras, al mundo vegetal cálido y perfumado de las florestas que recorría de noche como sonámbulo por caminos de estrellas que llovían de los ramajes, y de día, traspuesto, enajenado, ansioso, delirante, suelto a dejar la piedra, faltando a su promesa de no tocar árbol, arcilla o materia blanda durante su destierro, y lanzarse a la multiplicación de sus criaturas en palos llamarosa, palos carne-amarilla, humo-fuego, maderas que lejos de oponer resistencia como la piedra, dura y artera, se entregaban a su magia, blandas, ayudadoras, gozosas. Una conciencia remota las hacía preferir aquel destino de esculturas de palo blanco, rival del marfil más fino, de ébanos desafiadores del azabache, de caobas sólo comparables con el granate vinoso.

Dormir, imposible. Todo su mundo de dioses, guerreros, sacerdotes esculpidos en piedras duras, casi de joyería, le hacía sentir su cueva como sepultura de momia. Que la madera no pasa de ser escultura para hoy y nada para mañana... Se mordía los labios. Por otra parte, su obra no era de pura complacencia. Encerraba un mensaje. Escondía una cauda de cometas sin luz. Daba nacimiento a la gemanística. Se llevó a la boca su caña de fumar adornada con monitos que jugaban con el humo que tendía un velo entre él y su pensamiento. Aunque todo quedaría sepultado si se desplomaba la caverna. Mejor la madera, esculpir dioses-árboles dioses-ceibas, esculturas con raíces, no sus granitos y mármoles sin raigambre, esculturas de brazos gigantes, ramas que se vestirían de flores tan enigmáticas como los jeroglíficos.

No supo de sus ojos. Estallaron. Ciego. Ciego. Estallaron en luces al golpear con la punta de su pedernal, mientras buscaba piedras duras, en una veta de cristal de roca. Sus manos, sus brazos, su pecho bañados en rocío cortante. Se llevó los dedos a la cara, sembrada de piquetazos de agujas, para buscarse los ojos. No estaba ciego. Fue el deslumbramiento, el chisperío, la explosión de la roca luminosa. Olvidó sus piedras oscuras y la tentación de las maderas 'fragantes. Tenía al alcance sus manos, pobres astros apagados, más allá del mar de jade y la noche de obsidiana, la luz de un mediodía de diamantes, muerta y viva, fría y quemante, desnuda y enigmática, fija y en movimiento.

Esculpiría en cristal de roca, pero cómo trasladar aquella masa luminosa hasta su caverna. Imposible. Más hacedero que él se trasladara a vivir allí. ¿Sólo o con su familia, sus piedras esculpidas, sus ídolos, sus gigantes? Reflexionó, la cabeza de un lado a otro. No, no. Ni pensarlo. Desconocía todo parentesco con seres de tiniebla.

Improvisó allí mismo, junto al peñasco de cristales, una cabaña, trajo al dios que se consume solo y pronto, acarreó agua en un tinajo, y en una piedra de mollejón fue dando filo de navajuela a sus pedernales.

Nueva vida. La luz. El aire. La cabaña abierta al sol y de noche a la cristalería de los astros.

Días y días de faena. Sin parar. Casi sin dormir. No podía más. Las manos lastimadas, la cara herida, heridas que antes de cicatrizar eran cortadas por nuevas heridas, lacerado y casi ciego por las astillas y el polvo finísimo del cuarzo, reclamaba agua, agua, agua para beber y agua para bañar el pedazo de luz cristalizada y purísima que iba tomando la forma de una cara.

El alba lo encontraba despierto, ansioso, desesperado porque tardaba en aclarar el día y no pocas veces se le oyó barrer alrededor de la cabaña, no la basura, sino la tiniebla. Sin acordarse de saludar al lucero de las preciosas piedras, qué mejor saludo que golpear la roca de purísimo cuarzo de donde saltaban salvas de luz, apenas amanecía continuaba su talla, falto de saliva, corto de aliento, empapado en sudor de loco, en lucha con el pelo que se le venía a la cara sangrante, las astillas heridoras, a los ojos llorosos, el polvo cegador, lo que le ponía iracundo, pues perdía tiempo en levantárselo con el envés de la mano. Y la exasperación de afilar a cada momento sus utensilios, ya no de escultor, sino de lapidario.

Pero al fin la tenía, tallada en fuego blanco, pulida con el polvo del collar de ojos y martajados caracoles. Su brillo cegaba y cuando se la puso —Máscara de Nana la Lluvia— tuvo la sensación de vaciar su ser pasajero en una gota de agua inmortal. ¡Pared geológica! ¡Sí, Nana la Lluvia! ¡Soberanía no rebelada! ¡Sí, Nana la Lluvia! ¡Superficie sin paralelo! ¡Sí, Nana la Lluvia! ¡Lava respirable! ¡Sí, Nana la Lluvia! ¡Dédalo de espejos! ¡Sí, Nana la Lluvia! ¡Tumba ritual! ¡Sí, Nana la Lluvia! ¡Nivel de sueños luminosos! ¡Sí, Nana la Lluvia! ¡Máscara irremovible! ¡Sí, Nana la Lluvia! ¡Obstáculo que afila sus contornos hasta anularlos para montar la guardia de la eternidad despierta!

Paso a paso volvió a su cueva, no por sus olvidadas piedras, dioses, héroes y figurillas de animales tallados en manantiales de tiniebla, sino por su caña de hablar humo. No la encontraba. Halló el tabaco guiándose por el olor. Pero su caña... su caña... su pequeña cerbatana, no de cazar pájaros, de cazar sueños...

Dejó la máscara luminosa sobre una esterilla tendida en lo que fue su lecho de tablas de nogal y siguió buscando. Se la llevaron los monitos esculpidos alrededor, se consolaba, ella tampoco quiso quedarse en esta tenebrosa tumba, entre estos ídolos y gigantes que dejaré soterrados ahora que encontré un material digno de mis manos de Ambiastro.

Se golpeaba en los objetos. La poca costumbre de andar en la oscuridad, se dijo. Aunque más bien los objetos le salían al paso y se golpeaban con él. Los banquitos de tres pies a darle en las espinillas. Las mesas no esperaban, mesas y bancos de trabajo, se le tiraban encima como fieras. Esquinazos, cajonazos, patadas de mesas convertidas en bestias enfurecidas. Los tapexcos llenos de trastes lo atacaban por la espalda, a matar, como si alguien los empujara, y allí la de caerle encima ollas, jarros, potes, piedras de afilar, incensarios, tortugas, caracoles, tambores de lengüetas, ocarinas, todo lo que él guardaba para ahuyentar el silencio con las fiestas del ruido, mientras los apaxtes, las tinajas, los guacales, poseídos de un extraño furor, le golpeaban a más y mejor y del techo se desprendían, entre nubes de cuero de bestias de aullido, zogas y bejucos flagelantes como culebras cuereadoras.

Se refugió junto a la máscara. No realizaba bien lo que le sucedía. Seguía creyendo que era él, poco acostumbrado ya al mundo subterráneo, el que se golpeaba en las cosas de su uso y su trabajo. Y efectivamente, al quedarse quieto cesó el ataque, pausa en la que terco como era volvió a ver de un lado a otro, como preguntando a todos aquellos seres inanimados por su caña de fumar. No estaba. Se conformó con llevarse a la boca un puño de tabaco y masticarlo. Pero algo extraño. Se movían la serpiente y el jaguar de su tambor de madera, aquel con que saludaba al lucero de las preciosas luces. Y si las mesas, los tapexcos, los bancos, las tinajas, los apaxtes, los guacales, se habían aquietado, ahora bajaban y subían los párpados los gigantes de piedra. La tempestad agitaba sus músculos. Cada brazo era un río. Avanzaban contra él. Levantó los astros apagados de sus manos para defender la cara del puñetazo de una de esas inmensas

108

bestias. Maltrecho, sin respiración, el esternón hundido por el golpe de aquel puño de gigante de piedra, un segundo golpe con la mano abierta le deshizo la quijada. En la penumbra verdosa que quiere ser tiniebla y no puede, luz y no alcanza, movíanse en orden de batalla los escuadrones de flecheros creados por él, nacidos de sus manos, de su artificio, de su magia. Primero por los flancos, después de frente, sin dar gritos de combate, apuntaron sus arcos y dispararon contra él flechas envenenadas. Un segundo grupo de guerreros, también hechos por él, esculpidos en piedra por sus manos, tras abrirse en abanico y jugar a mariposas, lo rodearon y clavaron con los aguijones de las cañas tostadas, en las tablas de la cama en que yacía tendido junto a su máscara maravillosa. No lo dudó. Se la puso. Debía salvarse. Huir. Romper el cero. Ese gran ojo redondo de la muerte que no tiene dos ojos, como las calaveras, sino un inmenso y solitario cero sobre la frente. Lo rompió, deshizo la cifra abstracta, antes de la unidad, nada, y después de la unidad, todo, y corrió hacia la salida de la cueva, guardada por ídolos también esculpidos por él en materiales de tiniebla. El ídolo de las orejas de cabro, pelo de paxte y pechos de fruta. Le tocó las tetas y lo dejó pasar. El ídolo de los veinticuatro diablos... viudo, castrado y honorable. Le saludó reverente y lo dejó pasar. La mujer verde, Maribal, tejedora de salivas estériles. Le dio la suya para preñarla y lo dejó pasar. El ídolo de los dedales de la luna caliente. Le tocó el murciélago del galillo con la punta de la lengua en un boca a boca espantoso, y lo dejó pasar. El ídolo del cenzontle negro, ombligo de floripundia. Le sopló el ombligo para avivarle el celo y lo dejó pasar...

Noche de puercoespines. En cada espina, una gota luminosa de la máscara que Ambiastro llevaba sobre la cara. Los ídolos lo dejaron pasar, pero ya iba muerto, rodeado de flores amarillas por todas partes.

Los sacerdotes del eclipse, decían:

—¡El que agrega criaturas de artificio a la creación, debe saber que esas criaturas se rebelan, lo sepultan y ellas quedan!

Por la ciudad de los caballeros de piedra pasa el entierro de Ambiastro. No se sabe si ríe o si llora la máscara de cristal de roca que le oculta la cara. Lo llevan sobre tablas de nogal fragante, los gigantes, los ídolos y los héroes de piedra nacidos de sus manos, hieráticos, atormentados, arrogantes, y le sigue un pueblo de figuras de barro amasadas con el llanto de Nana la Lluvia.

LEYENDA DE LA CAMPANA
DIFUNTA

Entre la gente española venida a Indias, muy, muy entrado el siglo XVII —navegación en redondo... Sevilla... San Lúcar... Virgen de Regla... Islas de Barlovento...— llegaron uno, dos, tres, cuatro, cinco, seis, siete asturianos, siete según el habla popular y tres al decir de los cronistas que a la letra añaden: homes de Oviedo con entendimiento en la tiniebla de los metales, trazaron, no con tinta, sino con bronce líquido y sonoro, en catedrales, conventos, ermitas y beaterios, la historia de las campanas de una ciudad siempre nueva, dado que sus fundadores, hidalgos y capitanes, perseguidos por los terremotos, se la iban llevando en procesión de casas, una casa tras otra de valle en valle, en procesión de iglesias, una iglesia tras otra de valle en valle, en procesión de palacios, un palacio tras otro de valle en valle, que tal parecía aquel ir dejando viviendas, templos y mansiones señoriales, destruidas en un valle y levantadas en otro.

Legajos pegajosos y salobres, mordidos por sellos y contrasellos, desenrollaron ante las autoridades eclesiásticas y civiles los fundidores asturianos, folios con magullamientos de viaje que daban testimonio de su arte y maestría en la fundición de campanas, sin contar las cartas de presentación de canónigos corales y alcaldes ovitenses ni aquel pergamino de hueso de agua que traía aún fresca, ahogada en arenilla, la firma de don Sancho Álvarez de las Asturias, Conde de Nava y Noroña, al pie de recomendaciones en que hacía constar de su puño y letra "yo mismo los escogí entre los mejores y antes de partir les abrí mis brazos y mis cajas fuertes".

Aquella mañana de junio —un junio de bandejas

113

de frutas— hubo prisas, olvidos, idas y venidas murmullos, manejos, en el convento de las clarisas como si el bis-bis de la llovizna que caía fuera prolongara su rumor en las galerías abovedadas de convento. Acartonadas en sus tocas, cuellos, petos y puños de lino almidonado, monjas y novicias ha blaban, todas a una, de las joyas que les traerían sus familias para enriquecer el crisol de la campana encargada a los fundidores llegados de Oviedo, sonora y preciosa, digna del templo de Santa Clara de las Clarisas Celestes, que no acababa de salir de las manos de los alarifes.

La piedra, como vivo canto, porosa, sin secarse, recortada con tijeras de gracia en los cornisamentos y capiteles; fragante la madera de los artesonados del techo, buque celestial que navegaba en la luz de las altísimas ventanas; desafiante la cúpula; cabalístico el frente plateresco, sensual y fugitivo, y de prodigio la osadía arquitectónica de los cuatro arcos sostenidos en una sola columna.

Santa Clara de las Clarisas Celestes no acababa de salir de las manos de los alarifes y qué contraste, aquella mañana de junio, entre estos menudos indianos vestidos de aire, tan poco lienzo llevaban sobre sus carnes morenas, más hechos para volar en andamios que para andar en la tierra, y los asturianos, gigantes de caras enrojecidas y manos como martillos, atareados noche y día en la fundición de la campana de las clarisas.

La última campana. La de estas cordeleras sería la última campana que fundirían antes de volverse a Oviedo o quizá a Nueva España. Y se comentaba. En noches de tertulias llorosas de estrellas y velones, se comentaba que aceptaron el encargo a regañadientes y por insistencia de las monjas que les prometían llamarla Clara, si su timbre era de oro, Clarisa, si sonaba a bambas de plata, y Clarona, si hablaba con voz de bronce.

Grupos antagónicos recorrían la ciudad casa por casa en demanda de oro, plata y otros metales. Gente de alcurnia, nobles y ricoshomes, los barrios linajudos en procura de objetos de oro, joyas, mo-

114

edas, medallas o polvo de oro de ése que vendían os indios en cañutos de pluma de ave y ellos guardaban en bolsitas y bolsones, así la campana tendría acento áureo y se llamaría Clara. Más numerosos y más activos, los segundones iban y venían por calles y plazas con música y pantomima, pidiendo que les regalaran todo lo que fuera plata para su Clarisa, mientras cuarterones y marranos se conformaban con lo que les hicieran el favor en siendo metal, que para ellos, la campana debía sonar a bronce, sonar a yunque y llamarse Clarona.

El parloteo de las clarisas no cesaba aquella mañana de junio. Cuchicheos, manejos, olvidos, melindres, idas y venidas. Una novicia echaría al crisol de la campana los anillos de boda de sus abuelos muertos. ¡Anillos de boda! ¡Sortijas de amor! ¡Cintillos con más de dos granos de onza!, repetían, presurosas, confundidas, sin prestar oídos en ese momento a la descripción que hacía una profesa del brazalete de oro blanco que le tenía prometido su familia. Decorado con arabescos en filigrana de oro amarillo, perteneció, en la Roma de los Césares, a una bacante loca. ¿A una bacante loca?, interesábanse todas y la más hermosa, sin alcanzar respiración, entornados los ojos, temblorosas las pestañas, levantaba la mano para santiguarse imaginando tocarse en la frente una diadema de diosa desnuda, en el pecho, entre sus pechos, un disco de oro blando con un escarabajo egipcio de alas de lapizlázuli y en los hombros lluvias de zarcillos de ajorcas musulmanas.

¡Joyas de familia! ¡Oro enamorado!, exclamaba la más apasionada de las cordeleras, pronta a explicar, tras brevísimo silencio, el inmenso sacrificio que significaba desprenderse de ellas. Por encima del costo y el valor artístico, algunas de esas joyas eran obras maestras de antigua orfebrería, estaba su significado afectivo, su valor sentimental. Los objetos que amamos no tienen precio y por eso resulta aún más grato al Señor enriquecer el crisol de la campana —¡costara lo que costara se llamaría Clara!— con las joyas amadas.

¡Joyas de familia! ¡Joyas de amor! ¡Oro enamorado! ¡Relicarios medievales, cinturas de matrimonio, cruces de filigranas trenzadas, broches florales, amuletos, macuquinas, empuñaduras de espadas, sartales, rosarios, cascarones de relojes, sin la máquina, sólo el cascarón áureo!

La única que no hablaba era una monja conversa. La llamaban Sor Clarinera de Indias por su piel de tueste azulenco, su cabello, nocturna seda de hilos dormidos, y sus pupilas amarillas, color de oro. A falta de familia rica que le trajera joyas, debía conformarse con lo que las otras monjas ponían en sus manos para que ella, pobrecita, también enriqueciera el crisol, no se quedara sin echar algo, que un dije, que una cadenita, que un alfiler, salvo que... sugería frotándose los ojos, gesto que secundaban otras monjas, una heroísta portuguesa a la que llamaban Ju-noche, por no decirle Ju-día, salvo que... y no pronunciaba el resto con los labios, sino entre los dientes de hueso, salvo que... sor Clarinera de Indias hiciera el obsequio de sacarse las pupilas y las arrojara al ígneo y venturoso infiernillo que alimentan con metales de toda laya los gigantes asturianos.

La de Indias encendía las antorchas vivas de sus pupilas, joyeles que podían competir ventajosamente con todo lo que las familias llevaban a las monjas, sin darse por aludida, sin decir palabra rechazando la tentación de entregar a la brasca las pepitas áureas que guardaban sus párpados, y eso que las celestes cordeleras la seguían unas, la rodeaban otras, la buscaban todas, restregándose los ojos. Pero si despierta se defendía de la espantosa insinuación de la Junoche, heroísta que hablaba y hablaba y hablaba de héroes y heroicidades, si despierta salvaba sus ojos, dormida... quién gobierna a los que duermen, quién detiene a los que sueñan... la libertad del pez, del ave, de los fantasmas que atraviesan paredes como ella que, el cuerpo en la cama y el ánima en el aire, cruzaba muros de metro y medio de espesor y dejaba caer en el crisol, sin que pudieran evitarlo los Cristobalones que fun-

dían la campana, no sólo sus pupilas, burbujas
doradas a temperatura de lava, sino sus córneas,
blanco azuloso plomo que transmutábase en oro
místico. Qué horrible pesadilla, cambiar sus ojos
por luceros de lágrimas. Y seguir mirando, a través
de cortinas de agua, el dolor de las monjas por su
sacrificio, y el sucederse de oradores sagrados en
el púlpito de las clarisas, tocados con roquetes celestes, celebrando el triunfo de la Iglesia, en el mar-
tirio de una nueva santa, las campanas echadas a
vuelo, y entre las campanas, la que tenía sus ojos.
¡Santa Clara de Indias, saludábanla en el cielo, la
que ve con los sonidos, ruega por nos! Cendales,
serafines, rosicler y azucena... ¡Santa Clarinera,
virgen y mártir, saludábanla en la tierra, ruega por
nos! Pero, ¿sacarse los ojos, perforarse la lengua
no eran sacrificios de su antigua raza? La sangre
corría por sus mejillas más pesada que el llanto,
más abundante que el llanto, más incontenible que
el llanto y celajerías de sacerdotes del culto solar
cubrían la parte del firmamento que se había ras-
gado para que ella contemplara las dominaciones,
los tronos, los coros de los ángeles. Los asturianos
convertidos en Cristobalones cruzaban de un lado
a otro el río de la muerte. Extraño, iban como colgados. En el aire iban. Moviendo los pies en el vacío iban. Cielo sin sentido. Altas nubes. Más y
más altas. ¡El arbitrario, el usurero, el cojo, se le
asomaba en sueños a gritarle la Junoche, el que nie-
ga la luz de cualquier modo, el que gastó el vientre
de su madre, inútilmente vientre, inútilmente madre, te llamará demente al servicio del Ángel Ali-
rrojo, por haber hecho entrega de las preciosas
pepitas de tus ojos, pero qué importan iniquidad y
sinrazón, si por tu sacrificio, nuestra campana ya
no se llamará sólo Clara, sino Clara de Indias, porque fue más el oro de tus ojos que todo el oro que
nos trajeron los peregrinos llegados de Castilla del
Oro. En el filo de tu nariz (seguía soñando, soñaba
que por la ternilla le pasaba los dedos la Junoche),
se unen tu raza tibia, trigueña, con todos sus sacrificios, y tu raza española, brava y también ensan-

117

grentada. Cada lado de tu nariz es una vertiente. ¡Sangre de las dos razas, ceguera de las dos razas, llanto de las dos razas!

Le parecía extraño estar despierta, vestida de aire, respirando, vestida de espejo mirando con todo su cuerpo de agua a la que había amanecido tendida junto a ella, ella fuera del sueño, no la que se durmió anoche, otra... Se sentía extraña en la primera luz que se colaba por las rendijas de la puerta y el ventanuco de su celda. No tenía explicación haber sufrido tanto al entregar sus ojos y amanecer con ellos... la cabeza hueca, el cuerpo molido y los oídos con el silencio de los estanques que se van quedando sin agua... lluvias de miniatura... llantos de miniatura comparados con los ríos de lágrimas que lloró anoche dormida.

Maitines. Las clarisas celestes al darle o devolverle los buenos días, se frotaban los ojos, bulliciosas, alegres, lisonjeras. ¿Sabrían lo de su sueño o serían obreras de burlas al servicio de la Junoche, heroísta a la que el reumatismo deformante iba sacando médanos de huesos y nuégados de carne?

Lloró de júbilo en la sobrehora después de vísperas. Durante el *Magnificat*, tocó su frente un ángel de espejos giratorios y fue la revelación. Perlaba sus sienes sudor de vidrio molido. Entregar sus ojos sólo en préstamo. La campana se llamaría Clara de Indias y como ella sería conversa. Qué vehemencia, qué arrebato, qué no saber dónde posar sus pupilas que se despedían de todos y de todo, ora en los paraísos dorados de los altares, ora en el iris que regaba colores en el lomo de los cortasilencios de polvo de caleidoscopios que entraban por los ventanales, ora en los arquitrabes, ora en los encajes, linos, terciopelos, damascos, tafetanes amontonados en los escaños, para ser llevados a la sacristía, ora... se le nublaron las cosas y lo que era gozo colgaba de sus lágrimas, dedos de tirabuzones de congoja, y no fue lejos, allí mismo dejóse caer de rodillas en un confesonario para gritar al oído del confesor su satánico orgullo.

Pero el sacerdote se negaba a absolverla. ¿Sacarse los ojos? ¿Rivalizar con religiosas de más alcurnia ofreciendo en préstamo los pepitones áureos de sus pupilas, oro lavado en llanto, para enriquecer la amalgama de la campana que no se llamaría Clara, sino Clara de Indias?

No la absolvía. No levantaba la mano. No pronunciaba las palabras sacramentales.

Esperó y esperó, anonadada por la inmensidad de su culpa a juzgar por el silencio del confesor, sin fuerzas para levantarse, para despegar del suelo las rodillas hundidas en el frío de la tierra toda, antes que le diera la absolución.

La cabeza colgada sobre el pecho, abatida, llorosa, con movimientos de autómata, dejó la rejilla del confesonario para asomarse a la puerta y suplicar al confesor, aun a costa de la más terrible penitencia, que la absolviera. Si la penitencia era sacarse los ojos, se los sacaría. No lo dijo, no tuvo tiempo y se desploma si no se detiene de los encajes de madera de las ventanillas que ocultaban bajo un bonete de tres picos, una cara apergaminada, sin ojos, sólo los agujeros, sin nariz, los dientes con risa de calavera. Todas hablaban en el convento de la momia que salía a confesar y ella aquella noche la había visto...

Y oído:

¡No resucitarán los muertos, resucitará la vida! Sacrificaste sus ojos en el sueño (no estaba enteramente dormida, Padre...), y los recobraste al despertar. Ahora que estás despierta (no estoy enteramente despierta, Padre...), repite la hazaña, da tus ojos en préstamo y los recobrarás el día de la resurrección. Al acabar el mundo brillarán antiguos soles apagados por siglos y tú despertarás con tus ojos, como despertaste esta mañana. Pero anda, corre, entrégalos antes que termine la fundición de la campana, si dudas será tarde y no se llamará Clara de Indias, por haber negado tú, tú... el oro de tus ojos que sólo se te pedía en préstamo, sólo en préstamo, porque al derretirse la campana con el calor que hará el Día del Juicio, tus pupilas escaparán en busca de los cuencos vacios de tu cara juvenil, todos resucitaremos jóvenes, y qué felicidad entonces contemplar con ojos que supieron de gloria, repique de fiesta, que supieron de alarma, de angustia, de amor, de duelo, qué felicidad contemplar la realidad sagrada de los tiempos. Resucitarás con tus ojos fuera de la realidad del hombre, en la realidad de Dios...

Dejó atrás, perseguida por la momia, filas de monjas que se frotaban los párpados, instigadas por la Junoche, recordándole que la campana debía llamarse Clara y que faltaba el oro de sus ojos... Sus ojos... Sus ojos... Que nadie viera, que nadie supiera... Sacárselos al borde del crisol... Arderían como dos bengalas en el dormido, calcinante y agujoso caldo... Sin pies, si ella... Ella sin ella... Trompetas... Ángeles... La palma del sacrificio... Oír sin pensamiento los gritos de regocijo, el alboroto, la algazara de los que celebraban con toritos de pólvora, serpientes de luces y gigantes de fuego, el final de la fundición de la campana... Al tanteo empezó a sacar el clavo que mantenía fijos al madero los dos dolidos pies del Cristo de la sacristía. El tumulto de los que movían a las puertas del convento se acercaba. Venían por sus ojos, llegaban por sus ojos, avanzaban sin llegar por pasillos inacabables... pasos... voces... manos, sus manos que seguían escogiendo, entre custodias y vasos sagrados, incensarios y reliquias de oro macizo, píxides, benditeras, hisopos, hostearios, pasamanerías, jocalias, algo que pudiera salvarla de su sacrificio, pero todo era oro inválido de iglesia junto al oro de sus ojos lavado en la desembocadura de cien ríos de lágrimas. Sacó un pañuelo para secarse la cara vuelta hacia la ventana entreabierta sobre un patio encendido de fuegos de artificio, antorchas friolentas, humo de colores y buscapiés enloquecidos. Más de uno se coló en la sacristía y fue, vino, volvió, en zig-zag de relámpago de pólvora. Los que exigían la entrega de sus ojos seguían avanzando. Pasos. Voces. Manos, sus manos multiplicadas en el afán de arrojar por tierra cálices, cruces, copones, ostensorios,

120

patenas, vinajeras, aguamaniles de oro, ínfulas de mitras, flabelas orificadas, cíngulos de borlas luminosas... qué podía valer todo eso junto a sus ojos... por el suelo todo, sobre las alfombras, sobre los muebles, sobre las saliveras... ornamentos, misales, alas de ángeles, coronas de mártires, candelabros, mundos, cetros, agnus, griales, portapaces, todo quemado por los canchinflines y deshecho por sus pies en danza luciferina, ya heridas sus pupilas por el cortafrío de todas las tinieblas, el clavo que mantenía sujetos al madero los dosdolidos pies del Señor que ella volvió a clavar con un beso de ciega...

El mundo testimonio de las cosas corroboraba las presunciones humanas de lo que fue, además del crimen, la más abominable de las orgías, una saturnal en campo sagrado, todo lo que yacía por tierra y sobre las alfombras con chamuscones de pólvora, lo probaba.

El Comisario del Santo Oficio ordenó encarcelar preventivamente a los salitreros y fabricantes de cohetes, toritos y fuegos artificiales. La Superiora de las clarisas apenas se tenía en pie. El llanto rodaba por sus mejillas lívidas como agua sobre mármol. Entre lágrimas alcanzó a ver los ojos limpios y helados del Padre Provincial. Apoyado en su bastón, a él también por momentos le flaqueaban las piernas, consultaba a la madre con los ojos la conveniencia de que ellos dos hicieran reservas ante el delegado inquisitorial, por la captura de buenos cristianos sospechados de satanismo por ser entendidos en las artes de la pólvora.

Pero aquél se adelantó. Que no sólo eso pensaba hacer con ellos, excomulgaría a más de uno, a más de uno quemaría vivo y muchos, si no todos, vestirían el sambenito, que no se manejan estruendos y bengalas, sin connivencias, sin vinculaciones con el Cohetero Impar.

¿Y los asturianos fundidores de campanas?, se preguntaron con la mirada al mismo tiempo, la Superiora y el Provincial. ¿Por qué no captura a esos manipuladores de metales a temperatura de lava volcánica, algo más diabólico e infernal que las inocentes pólvoras de los juegos de artificio, con el agravante de su presencia dentro del convento, mientras fundían la campana, y su amistad, casi familiar, con las más jóvenes cordeleras? ¿Qué espera el Santo Tribunal para encarcelarlos?

Esperaba que regresaran, debidamente diligenciados, ciertos pliegos que se enviaron a ultramar, recabando algunos informes más para desenmascararlos. No eran asturianos ni fundidores de campanas. Eran piratas. ¿Y las cartas de presentación y las recomendaciones?

Alguien habló del Conde de Nava y Noroña, don Sancho Álvarez de las Asturias, el cual los escogió y contrató en Oviedo, y también le fue recado.

Deus Zibac, como mal llamaban al inquisidor, aunque el apodo le iba mejor que el nombre, se llamaba Idomeneo Chindulza, era una mezcla de español y de indio que ni él mismo se la aguantaba. Los dos malos olores. Las dos envidias. Y como por real cédula se dispuso que ser indio no era una mancha para obtener limpieza de sangre, el Inquisidor la obtuvo, y se limpió todo, menos el rostro picado de viruelas.

"Deus" por lo español y "Zibac" por lo indio, Deus Zibac quería decir "Dios hecho de zibaque".

Su lengua de soga de ahorcar le llegaba hasta las orejas carbonosas, cuando se relamía pensando en los cogotes de toro de los para él falsos asturianos. Corsarios, se repetía Chindulza, que sorprendieron en alta mar a los verdaderos fundidores ovitenses y se ampararon de sus identidades. A fuerza de cavilar se le hizo evidente y no creyó necesario, dados los antecedentes que recogían a diario del espantoso crimen de la sacristía, esperar la vuelta de los exhortos mandados a ultramar. Terminada la fundición de la campana, Deus Zibac procedió a la captura de aquellos gigantones. ¿Eran o no eran piratas? En la duda, ahorca, Zibac, en la duda ahorca. El más viejo tenía una sirena tatuada en un brazo. Esto lo denunciaba. Pirata y hereje. ¡Herejes! ¡Herejes! La voz corría, exigía, exigía justicia. ¡Justicia! ¡Justicia! Los demonios asturianos. La campana de las clarisas fundida por piratas. Que no se toque nunca. Que se destruya. Que se lance desde el campanario al vacío para que se haga pedazos. ¡Hija de herejes! ¡Obra de piratería! ¡Justicia! ¡Justicia!...

Deus Zibac puso manos a las sogas, sogas a los pescuezos de los gigantes y siete días y siete noches estuvieron los cuerpos de aquellos cristobalones colgados en la esplanada del Calvario y siete días y siete noches las campanas de las iglesias tocaron a muerto, no por los ahorcados, por la campana difunta.

Ventanas, puertas, bocacalles, cercas, arcos, atrios, puentes dejaban atrás los jinetones, al entrar a la ciudad, seguidos de mulas de gran alzada en que traían la carga y el correo llegados al Golfo Dulce en naos de ultramar.

Diligenciados los requerimientos, reconocidas las firmas de canónigos y alcaldes ovitenses, abundantes los testimonios de los que bajo juramento respaldaban la conducta intachable de los fundidores, Deus Zibac no pudo levantar las manos que apoyó, abiertas en abanico, sobre la mesa de audiencias, al inclinarse a leer los documentos, y como si le clavaran los dedos con fuego, llovieron goterones de las palmatorias cuyo resplandor de incendio llegaba a sus ojos como la luz muerta de una batalla perdida. Las letras, las palabras, las frases, bailaban frente a él que no parecía leerlas, sino tragárselas, traga-atragantarse con ellas. Se le doblaron los brazos, las manos en guantes de cera, de gotas de cera blanca, y cayó de pecho sobre la mesa, sobre los pergaminos, sobre los documentos que denunciaban su oprobio... De bruces, los ojos vidriados y una baba de reptil sobre los pliegos, ya no oyó el romance callejero...

Los jinetones preguntan
por la campana difunta...

> *¡La enterraron!, les responden.*
> *Por donde vinieron vuelven.*
>
> *Los jinetones preguntan*
> *¿dónde están los fundidores?*
> *¡Ahorcados!, les contestan.*
> *Por donde vinieron vuelven...*
>
> *¡Campana de las clarisas,*
> *la que se quedó sin lengua,*
> *no le pusieron badajo*
> *los piratas ahorcados*
> *que no eran piratas, no,*
> *sino muy buenos cristianos!*

Y pisando los talones a esas cabalgaduras, otras. Las de los carros y jinetes de servicio y lanza que acompañaban al Magnífico Señor Don Sancho Álvarez de las Asturias. Nada le detuvo en Oviedo. Acudir a sus recomendados. Llegar a tiempo. ¿Quién osó poner en duda credenciales escritas de su puño y letra? Viaje azaroso el suyo. Corrió más de una borrasca, hubo racionamientos de agua, ancoradas en islas, cambios de rumbo, avistamiento de corsarios en menor peligro para ellos que no llevaban oro, aunque muchas veces aquellos robadores del mar asaltan los bajeles por esclavos o bizcocho.

Ciudad episcopal. Plantajes y jardines. Huertos de frutas y hortalizas de regadillo. Don Sancho amadrigó lágrimas bajo los párpados cerrados. Llorar. No le quedaba otra cosa a la vista de la esplanada del Calvario, trágico anfiteatro en el que se ahorcó a los fundidores de la campana de las clarisas.

¿Dónde estaba esa campana?

Si Deus Zibac, el inquisidor, el terrible Idomeneo Chindulza, no muere de apoplejía la noche en que llegaron a su poder los pliegos de ultramar ratificando la condición de cristianos sin tacha de los ahorcados, don Sancho Álvarez de las Asturias habría tenido que pedir que se desenterrara, pues aquél había exigido que se cumpliera su orden de enterrarla bajo muchos codos de tierra con el nombre de *la campana difunta*.

La Real Audiencia discutía, mientras tanto, si para recibir y desagraviar a tan Magnífico Señor llegado de Oviedo y exculpar y volver al seno de la iglesia a los asturianos, debía revivirse la campana de las clarisas. ¿Revivirse...? Se alzaron voces airadas en la sala de acuerdos. ¿Revivir una campana? Revivir o habilitar. ¡No, no, la palabra había sido dicha, revivir, y debía retirarse antes de seguir la discusión, pues era una blasfemia imperdonable! ¡Sólo Jesucristo, Señor Nuestro, revivió, volvió de entre los muertos! Y estuvo a punto de naufragar en agua de saliva la propuesta de poner lengua a la campana difunta y echarla a vuelo el día que fuera recibido por la ciudad, el buen don Sancho, si uno de los fiscales no interviene y hace ver que las campanas mueren y reviven litúrgicamente durante la Semana Santa. Mueren, es decir enmudecen el Miércoles Santo, después de los oficios, y reviven el Sábado de Gloria.

La gente. Las calles. El bando real. La noticia. Se tocará por fin la campana de las cordeleras. No se abrió mucho el compás, pero sí lo bastante para hacer amplia y honda su cavidad bucal, una argolla por galillo que esperaba la lengua del badajo, interior escamoso en contraste con el pulimento exterior, revestido de signos zodiacales, festones con sus borlas, serafines y en lugar principal, una mitra que repetía la enorme mitra tallada en madera del altar mayor. Sólo quedaba el misterio del sonido, para bautizarla Clara, Clarisa o Clarona, según tuviera retintín de oro, retantán de plata o retuntún de bronce.

El día del desagravio, don Sancho, acompañado por el Capitán General y el primer Obispo arzobispado, llegó a la plataforma por una escalera recubierta de suntuosos lienzos, donde dominando la majestad de la plaza, se alzaba la campana, entre festones de flores coloridas, frutas perfumadas, hojas de dura estirpe en coronas de encina y laurel, oriflamas, lienzos con escudos, alegorías, armas,

125

emblemas y espejillos que multiplicaban los rayos oblicuos del sol que se hundía entre los volcanes cuellilargos, decoración luminosa que hacía más visible un lienzo de catafalco sembrado de estrellas y bordado con los instrumentos de tortura de la Pasión —clavos, martillos, escaleras, lanzas, látigos—, lienzo de tiniebla tendido bajo la campana en memoria de los que como frutos de muerte colgó de árboles estériles, en la esplanada del Calvario, el inquisidor Deus Zibac.

Don Sancho recibió de manos del Alcalde Mayor y por encargo del Cabildo, la cuerda que pendía del badajo —se adornó con piedras preciosas para que el Magnífico Señor de Oviedo olvidara la soga de los ahorcados—, y le pidió hiciera merced de dar los primeros golpes.

Fue el alboroto. Nadie se quedó en su sitio. Masa de pueblo hasta donde la vista llegaba, convertida en mar bravío. Indios que escupían por los ojos flechas de odio silencioso, mulatos, negros, mestizos, españoles de primera agua con memoria de conquistadores, otros después llegados, todos atónitos, esclavos y vasallos, sin dar crédito al sobrehilo de palabras que acompañaba el sonar de la campana...

...absuélvame! absuélvame! —se oía la voz de la monja conversa, llegaba de ultratumba y apenas formaba las palabras—. ...absuélvame, Padre, absuélvame, yo me saqué los ojos! ...Clara de Indias... se llamará Clara de Indias por mis ojos de oro... yo di mis ojos de oro para que se llamara Clara de Indias...! ...liberé los pies del Señor y me clavé el garfio en lo más profundo de las pupilas que cayeron al crisol... mezcla de Cristo y Sol... del Sol mi raza tenue, sacrificada y sacrificadora y de Cristo lo español, bravo y también ensangrentado...

Don Sancho, sin dar crédito a lo que oía golpeaba más y más duro, hasta que la campana, extinguida la voz de la monja, se fue enronqueciendo y dejó de sonar. Volvía a ser la campana difunta, Clara de Indias, la campana de los piratas.

Sólo se oía la lluvia de las gotas caídas de las hojas, esa lluvia que las nubes depositan en las copas de los árboles, para que llueva después del aguacero.

Y esas gotas hablaban.

Debían ir muy lejos a desatar su juramento. Allá donde van y vienen los que van y vienen sin saber que van y vienen. Eso que llaman las ciudades. En una de esas ciudades preguntar por la casa de la Pita-Loca, llena de mujeres y escoger a la que tuviera el mañana en los ojos el hoy en los labios y el ayer en los oídos.

Dejaron el llueve pies y pies y pies de su danza suicida, pies más en el aire que en la tierra, tocar la tierra era para ellos palpar la muerte, y empezó el llueve pies y pies y pies de los caminos. El tiempo de enfundar sus machetes en la vaina de las cabalidades. Cabal, machete, solo en tu vaina. Pero, cómo reconocerían la casa de la Pita-Loca. No era difícil. Por las palomas que ostentaba en puertas y ventanas, marcadas a fuego con yerro de herrar bestias.

Del llueve pies y pies y pies de su danza suicida al llueve pies y pies y pies de los caminos. Huían negando que hubiera muerto. Pero de quién huían si iban juntos. Tamachín con Chitanam, ¿Chitanam huyendo de Tamachín? Chitanam con Tamachín, ¿Tamachín huyendo de Chitanam? Lluvia de pies y pies y pies a lo largo de noches de alta mortandad de estrellas, a través de bosques de inmensa mortandad de seres, dejando atrás soles e inviernos, mortandad de nubes, por momentos esperanzados, abatidos otros, temerosos siempre de no dar con la casa de la Pita-Loca y menos con esa mujer de ayer, hoy y mañana, y que aquella demencial carrera... pies y pies y pies... pies y pies y pies... terminara en la plaza de Machitán, en un duelo a punta y filo de machete, en que los dos tendrían que matarse, matachines al fin, a los gritos de ¡Tamachín-chin-chin, matachín! ¡Chitanam-tam-tam, Machitán!...

—¡Luces! ¡Luces...! —gritó Chitanam.

Tamachín lo confirmó al asomar entre niebla de frior caliente a lo alto de un cerro, añadiendo:

—No son luces, son los pies iluminados de la ciudad... andan, corren, se juntan, se separan...

—Esperaremos el día —propuso Chitanam, pronto a sentarse en una piedra.

—No podemos esperar —advirtió Tamachín—, si murió no podemos esperar...

—Ganar tiempo...

—Contra la muerte no se puede ganar tiempo, vamos...

—¡Y ser todos los demás que soy!... —se quejó Chitanam y sin soltar el paso—: ¡La noche encendida, los dioses encendidos, podría cantar, reír, doblar los dedos o lanzarlos como agujas de brújulas con uñas hacia la casa de la Pita-Loca!

El pinta-pájaros, pinta-nubes, pinta-cielos, pinta-todo —pedazos de aurora... pedazos de sueño...— les sorprendió en la ciudad que despertaba sobre cientos, miles, millones de pies y pies y pies. Tantas gentes van y vienen, vienen y van, sin saber si van o vienen, que es más lo que se mueve que lo que hay fijo en las ciudades. Pies y pies y pies, los de todos y los de ellos que por calles y plazas buscaban la casa de la Pita-Loca.

Y a llegar iban, a la vista las falomas de sus puertas y ventanas, cuando les sorprendió el paso de un entierro.

Sin consultarse, casi instintivamente, agregáronse al cortejo y siguieron tras el féretro hasta el cementerio, silenciosos, compungidos, no sabiendo cómo esconder los machetes, la cabeza de un lado a otro sobre cóndilos recónditos para negar la muerte.

Al concluir el sepulturero su faena, caláronse los sombreros y a la calle. Debían llegar lo antes posible a la casa de la Pita-Loca en busca de aquella que tenía labios untados de presente, música antigua en los oídos y ebriedad de futuro en las pupilas. Pero de la puerta del cementerio se regresaron. Otro entierro... y otro... y otro... Esa mañana se les pasó enterrando gentes. No podían evitarlo.

sustraerse a su naturaleza que les empujaba a seguir los cortejos fúnebres al paso de los enlutados deudos, sin dejar de repetir, la cabeza de un lado a otro: no murió... no murió...

Qué hacer... Huyeron del cementerio a través de un barranco. Buscarían llegar a la casa de la Pita-Loca por una calle poco frecuentada o mal frecuentada, por donde nadie querría que pasara su muerto.

Pero cuando ya tocaban fondo en aquella inmensa olla de árboles y peñascos, helechos, orquídeas, reptiles, en un recodo de la vereda que corría al par de un riachuelo por un lodazal de luto, encontraron un grupo de campesinos que subían con el blanco ataúd de una doncella. Y allá van los Matachines de regreso, con el corazón que se les salía contemplando aquel estuche de nieve que encerraba el cuerpo de una virgen. En el jadeo de la cuesta, silencio de pájaros y hojas se les oía repetir, si casi lo decían con la respiración... no murió... no murió...

Esperaron que anocheciera. De noche no hay entierros. Inexplicable. Un cigarrillo tras otro. Inexplicable. Estupidez municipal. Llevar uno su muerto chocando contra la luz del día cuando sería más íntimo cruzar la ciudad a medianoche, entre las luces de las calles en procesión de cirios o de antorchas, el silencio majestuoso de las plazas y el recogimiento de las casas cerradas.

La casa de la Pita-Loca, desván de mujeres que se ofrecían en los espejos, apenas formas de humo de tabaco, fantasmas de carne y pelo color de yema de huevo por las luces amarillentas, uñas de escama de pescado y cejas postizas, anzuelos que al no pescar goteaban llanto, estaba llena de borrachos que hacían combinaciones enigmáticas de apetitos y caprichos, hasta encontrar, si no el ideal de su tipo femenino, el que más se acercaba a su deseo. Todas tenían un pasado vivido y un pasado remoto de diosas, sirenas, madonas... como hacerle fondo de ojo al mar... lo propio en la mujer es el mundo pretérito en que vive y que a veces disimula,

133

aventura del disfraz, con el traje que la vista de presente.

La mujer que buscaban los Matachines en casa de la Pita-Loca, Tamachín se adelantó a Chitanam, Chitanam a Tamachín y al fin entraron juntos, arrebatándose la palabra para describirla, decía tener música antigua en los oídos, pero sólo en los oídos, reír, hablar y besar en presente, a pesar de ser vieja toda dentadura de marfil, y foguear sus pupilas hasta limpiarlas de lo cotidiano para ver el mañana.

La Pita-Loca, oropendientes en las orejas, masapanes de perlas en el pecho, dedos encarcelados en anillos de piedras de colores, verdes, rojas, amarillas, violetas, negras, azules, tornasoles, les puso a prueba lanzándoles preguntas que no por inesperadas podían dejar de responder los Matachines, pues era cerrarse las puertas y no encontrar a la mujer que buscaban, aquella que tenía el ayer en los oídos, el hoy en los labios y el futuro en los ojos.

—¿Quién de los dos sabe bailar con zancos? —preguntó aquélla.

—Los dos —se adelantó Tamachín—, pero no sobre zancos, sobre las tetas de las diosas...

—¿Saben alguna oración secreta?

—Sabemos, ya lo creo que sabemos oraciones secretas —contestó Chitanam y tras un breve y calculado silencio alzó la voz: —¡Dioses... Dioses... Dioses de ojos con agua, manos gastadas en la siembra, exactos en la cuenta del tiempo...

—Y andan buscando... —le cortó la Pita-Loca—, andan buscando a Nalencan...

Ambos callaron y aquélla se dijo, los atrapé.

—No, señora... —movió la cabeza Tamachín y Chitanam añadió:

—Desde luego que no. ¿Quién se preocupa por Nalencan en las ciudades? Nadie. Ni tiene resplandor de relámpago ni ensordece con el retumbar de los cielos. No así allá en Machitán, donde la tempestad, la temible Nalencan se desploma apocalíptica entre tronos, truenos y dominaciones...

—Buscamos —intervino Tamachín— a la mujer de ayer, hoy y mañana...

134

La Pita-Loca encogió los dedos, patas de arañas de colores, araña de brillantes, esmeraldas, rubíes, amatistas, turquesas, ópalos, topacios, zafiros, cada mano, y frunció las cejas de humo triste.

—No la hemos enterrado. La tenemos para clientes que como a ustedes, les gusta la mujer rígida y fría, totalmente fría, a temperatura de cadáver.

—¿Muerta? —preguntaron al mismo tiempo los Matachines, sintiendo junto a ellos algo que habían olvidado, la presencia del machete.

—Congelada. No era linda, pero no era fea. Los ojos achinados como de cocodrilo, respingona la nariz, el pelo lacio...

—¿Muerta? —repitieron aquéllos su pregunta.

—Sí, se suicidó, el suicidio es la muerte natural aquí en la casa. Pero si quieren estar con ella, siempre la tenemos preparada en su lecho funeral, olor a flores blancas y a ciprés, a jazmín e incienso... hay hombres que les gusta la carne fría... el amor en el cementerio... hacer su maña entre cuatro cirios...

—No, no, no murió... —insistían los Matachines sudando el frior acuoso de la angustia en los huesos.

—Aaaa...cabáramos, los señores son de los que creen, o lo oyeron decir aquí en la casa... La servidumbre cuenta que la bella de Machitán, así la llamábamos, se levanta de noche. Los muertos que sueñan que no están muertos son los que deambulan fuera de sus tumbas. Pues la bella, sueña que está viva, y anda por aquí, por allá, abriendo y cerrando las puertas. Lo brutal es que cuando un hombre la posee parece que revive y a pesar de su rigidez cadavérica, adquiere movimientos de esponja. Pero los estoy aburriendo con mis tonterías. ¿Quieren estar con ella?... Puede ir uno, primero, y otro después o si prefieren vayan los dos juntos...

—Debemos sacarla de aquí...

—Imposible. Por ningún dinero. Es tradición, y mi marido era inglés, un ex pirata, aunque a él no le gustaban los "ex", que mujer que entra en casa de la Pita-Loca, no sale ni muerta, pues aun muerta sirve para que se den cuerda perversos y degenerados...

—Esa mujer tenía —las palabras caían de los labios de los Matachines, que no realizaban cabalmente lo sucedido, como alas de hormigones viejos—, tenía el ayer en los oídos, el presente en la boca y el futuro en las pupilas...

—Y por eso, por eso se suicidó prontito. ¡Pruébenla, no lo estén pensando tanto! Está bañada y lavada... vayan... vayan a su alcoba... por encima se les ve que les gusta la carne muerta...

Arteros y veloces, tras cambiar una mirada, el zig-zag de los machetes y a cercén las dos manos de la Pita-Loca cortadas como dos panochas de piedras preciosas, sangrando más por los rubíes y granates que por sus vasos abiertos...

Desatornillados de sus cabales, sueltos, ciegos, ensangrentados hasta los codos, por momentos gritaban, por momentos ladraban, ladrar de perros que se vuelven lobos aulladores y por momentos, tras aullar, se lamentaban con rugido de fieras. Gritar, ladrar, aullar, rugir, molerse los dientes, comerse la lengua, tragarse la realidad, perdido el empeño, el sostén, la duda...

—No murió... no murió la bella de Machitán... —lloraban a carcajadas... sin poderse borrar de los ojos la visión de aquel cuerpo de tabaco blanco, momificado, que la Pita-Loca perfumaba para que la gozaran borrachos o sonámbulos...

Una anciana, pelo de pluma blanca, les detuvo al salir de la ciudad que de noche, dormida, no tenía pies.

—¿El camino buscan? —inquirió.

A lo que los Matachines, machete en mano, preparados siempre para abrirse paso a filo y muerte, contestaron:

—¡Por la Gran Atup que eso buscamos... el camino de regreso... tenemos que machetearnos hoy mismo... quitarnos la vida en la plaza de Machitán!

—Para eso son matachines...

—Sí, señora, para servirla...

—¿A mí...? jiji... —su risita olía a trapo quemado—, la muerte no me sirve... jijiji!

Luego adujo:

—El camino de los Matachines se acabó...

Chitanam, sin darse cuenta que aquello significaba que para ellos era llegado el fin, bromeó:

—¿Qué debemos asar para que siga?

—Asar nada. Hacer mucho. Hacer que les crezca el pelo, salvo que tengan a alguien que les dé su cabellera para hacerse el camino.

Tamachín suspiró:

—¡Tenemos... más bien teníamos, señora, pero se quedó sin camino antes que nosotros!

—Lo sé, yace dormida en la casa de la Pita-Loca, sobre una almohada negra de siete leguas de ríos hondos, justo lo que les falta a ustedes para llegar a Machitán. Si se volvieran a pedirle prestados sus cabellos.

—Es imposible —exclamaron, mostrando a la vieja las manos de la maldita alcahueta con los dedos en túneles de piedras preciosas hasta las uñas.

—Se le cortan las manos a la riqueza malhabida —dijo la anciana horrorizada—, pero es inútil, es inútil, le salen nuevas manos...

—¡Apártate... —enarboló el machete Tamachín—, cola del cometa que anda donde no se ve, ya respiras poquito como todos los viejos, pero te juro que vas a respirar más poquito, si la muerte no nos lleva a miches hasta Machitán!

La anciana desapareció y les fue concedida. Sobre un galápago formado con dos omóplatos sin colchón, es dura la jineteada final, llegaron al lugar en que debían cumplir su juramento. Al bajar de tan frágil como fuerte cabalgadura de huesos, la muerte mostraba sus dientes descarnados.

—¿De qué te ríes...? —le preguntaron.

Y la respuesta lacónica:

—De ustedes...

No la oyeron, no les importaba. Ataviados para el duelo: camisas blancas, sus mejores camisas, puños, pecho y cuello alforzados, pantalones blancos, sus mejores pantalones, manos y caras teñidas

137

de blanco, cambiaron una mirada de amigos enemigos y lanzaron sus machetes al aire. Éstos cayeron enterrados de punta, uno frente a otro, pulso de matachines, señalando el lugar que le correspondía a cada uno en el terrible encuentro. A Tamachín le quedó el sol en la cara, a Chitanam en la espalda.

Tamachín pensó: Chitanam me aventaja, el sol no lo encandila. Chitanam pensó: Tamachín salió ganando, a la luz del sol me ve mejor.

Mientras tomaban sus machetes, un perico pasó volando sobre sus cabezas.

—¡Tamachín... chin... chin... matachín! —decía festivo y regresaba más gozoso—. ¡Matachín... chin... chin... Tamachín!

Luego se iba, luego volvía:

—¡Chitanam... tam... tam... Machitán! ¡Machitán... tam... tam... Chitanam!

—¡Por la Gran Atup que esto se acabó! —gritó Tamachín enfurecido, el machete en alto, yendo tras el perico que seguía en sus burlas...

—¡Matachinchín, matachín!... ¡Matatamtam, Machitán! —verde, alegre, jaranero—. ¡Matatamtam, Machitán!... ¡Matachinchín, Matachín!

Y volando, volando, tam-tam y chin-chin... chinchin y tam-tam..., sacó de la plaza convertida en palenque a los matachines de Machitán que lo perseguían con sus machetes.

—¡Matachines al fin!... —dijo alguien, no el perico. Alguien. Sólo se le miraba el hombro y en el hombro, posado el perico.

—Atalayandítolos estuve, para que no se mataran, pero se me pasaron. Sin duda el baile del llueve pies y pies y pies los hace invisibles, y por eso mandé a traerlos con el perico.

Éste, al sentirse aludido, echóse hacia atrás, abierto de patitas y alivió la tripa soltando un gusanito de estiércol en el hombro del hombre del hombro.

—¡Y por virtud de ese gusanito —gritó el perico, esponjándose como una lechuga avergonzada—, salvarán el pellejo Tamachín y Chitanam, y seguirán bailando el llueve pies y pies y pies en Machitán!

—Salvarla del todo, no —dijo el hombre del hombro—, se les dejará la vida por algún tiempo, si no hacen lo que hacen, derramar sangre.

—¡Matachines al fin! —recalcó el perico.

—Al entendido por señas —alzó la voz Tamachín, montando en cólera—, cobardía y excremento de perico es igual, y a ese precio no queremos la vida los matachines de Machitán.

—Si no es eso... —se apresuró a decir Chitanam, no las tenía todas con la muerte, y aun con algo de caquita de perico prefería la vida...

Si el hombro del hombre no desaparece y el perico no vuela, los parte en dos el machete de Tamachín.

El filo vindicativo cortó el aire y dio en el pie de alguien. Un pie sin sangre, negro, peludo y con las uñas de punta. Un pie cortado, no de un tobillo, sino de un chillido desgarrador. Lo recogió Chitanam sin detener su paso. Volvían a la plaza de Machitán a reanudar el desafío, interrumpido por la presencia del perico, volanderas las alas de sus sombreros blancos como sus ropas, las caras y las manos espolvoreadas de envés de hoja de encino blanco, extraños personajes de ceniza que llevaban sobre el pecho, amuletos de muerte y pedrería, las manos cercenadas de la Pita-Loca, cada uno una mano, y a flor de labio, en la resaca de su palabrear de condenados a muerte, la letanía del no murió... no murió... no murió... martillado para aminorar su culpa o porque en verdad creían que los que no mueren donde nacen, no son muertos, sino ausentes, doblemente ausentes como aquella que tuvo el ayer en los oídos, el hoy en los labios y el mañana en los ojos. Todo inútil, inmensamente inútil. Qué feroz desatino rociarse de preguntas sin respuesta, desimantados, incongruentes, tránsfugas, perjuros, atragantándose con llanto, al cuello el peso muerto de las manos hinchadas como sapos y reverberantes de oro y gemas de la maldita alcahueta.

—¿Me lo devuelves... es mi pie... es mío!
—dijo por señas y visajes a Chitanam, un mono
por su color bañado en espuma de hervor de café.

—Si te sirve... —contestó aquél y se lo devolvió.

—¿Qué puedo hacer por los señores? —parecía
preguntarles con sus fiestas el saraguate coludo,
todo ojos a las reliquias que colgaban sobre el pecho de los Matachines. Se les adelantaba cojeando,
los miraba y volvía a ver atrás. Cojeando, cojeando, no se puso el pie, rechinaba los dientes y volvía
y volvía la cabeza.

Los alcanzó a pasos despeñados, el gran Rascaninagua.

—Porque sueño con los ojos abiertos creen que
yo sé cosas —canturreaba—, creen que yo sé cosas, porque sueño con los ojos abiertos... ¿Y los
señores... —enfrentóse a los Matachines—, quié-
nes son, cómo se llaman?... ¡Ah! ¡ah!... —se fijó
mejor en ellos—, son los Matachines de Machitán.

El mono sentado en el suelo, empezó a quererse
pegar el pie, antes que el gran Rascaninagua le pre-
guntara por qué travesura se lo habían cortado.
Revolvía saliva, tierra y chillidos.

—¡Telele, dejé de chillar! —amenazó Rascaninagua con el bastón en que se apoyaba, al saraguate.
Luego volviéndose a los Matachines, en tono auto-
ritario: —Mis amigos, en estos cerros no se debe
derramar sangre...

Se limpió la boca con el envés de la mano. La
palabra sangre mancha los labios de solo pronun-
ciarla e inquirió con sus ojos perdidos en hojarasca
de siglos, la impresión que causaba su mandato de
"no más sangre" en aquellos que vivían sólo para
eso, para derramarla.

—Y si no derramamos sangre, de qué hemos de
vivir... —se adelantó a responder, en tono inte-
rrogativo, Chitanam—, y lo peor es que ahora estamos comprometidos, por juramento, yo a derramar
la sangre de Tamachín y Tamachín la mía.

—Pero eso puede evitarse... —sacudió la cabeza
Rascaninagua.

—¡Imposible! —gritaron aquéllos.

—No hay imposibles en mis cerros...

—Si pudiera evitarse... —apresuró Chitanam, esperanzado, no las tenía todas con la muerte, y menos a machetazos.

—¡Con un revuelto de cobardía y caca de perico... —engallose Tamachin—, ja, ja, ja... —soltó la risa, para añadir en seguida: —La bella de Machitán nos espera más allá de la vida y debemos juntarnos con ella...

—¿Y por qué los dos? —frunció las cejas al preguntar Rascaninagua.

—Fue el amor lo que la perdió, el amor que sentía por nosotros dos —explicó Chitanam—, no se decidió por ninguno y cayó en poder de todos los que no la querían...

—Y... si cumplen el juramento de reunirse con la bella de Machitán, sin morir del todo, qué les parece... —planteó en tono agorero y familiar Rascaninagua.

El mono, medio dormido, soltaba largos suspiros. Se había pegado el pie. Los Matachines dudaban de sus ojos. Cómo creerlo. Saliva, tierra y chillidos, qué mejor pegamento.

—Morir sin morir del todo... cumpliríamos nuestro juramento y seguiríamos vivos... —pensaba sin decirlo Chitanam.

—Pero hay una condición —Rascaninagua adivinó lo que éste pesaba con la sutil balanza de las probabilidades—, una sola condición. No se derramará más sangre en Machitán. La sangre de los Matachines será la última.

—Lo que nos mandes haremos con tal de morir sin morir —habló Chitanam esperanzado, cada vez más esperanzado—. Cumplir nuestro juramento y no irnos de la vida...

Tamachín guardó silencio. Telele y Rascaninagua le resultaban sospechosos. Apretó las quijadas y se mordió el pensamiento. Los Matachines, ella lo dijo siempre, son valientes para dar la muerte, pero no para morir. Este zandunguero quiere hacernos creer que moriremos sólo aparentemente. Así nos da valor para matarnos. Las palpitacio-

141

nes del corazón le cosían los labios. Al fin logró hablar:

—De mi parte agradezco, pero ni necesito ni acepto. Enfrentarme con Chitanam sabiendo que es de mentiras, me repugna. Si hemos de matarnos que sea de verdad.

—Nada se pierde con hacer la prueba... —murmuró Chitanam que seguía no teniéndolas todas con la muerte.

—¡Todo se pierde... —se oyó la voz de Tamachín, vozarrón metálico, duro—, todo se pierde escuchando embusteros!

Telele bailaba, saltaba, sin que pudiera saberse cuál de los dos pies se había pegado con saliva y tierra.

—En fin —agregó Tamachín, lo desarmaba el prodigio de ver al mono con los dos pies—, oigamos cómo es eso de morir, sin morir de veras...

—¡Quieto, Telele! —gritó Rascaninagua al saraguate que no dejaba paz—. ¡No pudiendo ser dios, es bailarín! —explicó sonriente, antes de endurecer la cara para anunciar a los Matachines, pétreo y solemne, que les daría dos talismanes, uno a cada uno, para que a su conjuro pudieran volver a la vida desde el mar de las sustancias.

—El instinto de conservación —prosiguió Rascaninagua— es el gran perro mudo, fiel cuidador de lo carnal del hombre, de su cuerpo, de su integridad, desde hacerle presentir los peligros hasta defenderlo ferozmente; luego viene el nahual o espíritu protector de su ánima, su doble, el animal que lo sostiene siempre, que no lo abandona nunca, que lo acompaña más allá de la muerte; y por último la poderosa combustión de las sustancias de que está hecho lo vital, la vibración más íntima del ser, o sea el tono.

Hizo una pausa y siguió:

—El señor —se dirigió a Tamachín que despedía, colérico, negras llamas por los ojos—, el señor es de tono mineral y le corresponde y le entrego el frágil talismán de talco en forma de espejo de hojas de sueños superpuestos. Cada una de sus hojas

142

dura nueve siglos, novecientos años. Cada nueve siglos tendrá Tamachín que cambiar de hoja para seguir vivo en su profunda sustancia mineral. Trescientos millones de espejos de talco, contando sólo la primera lámina, arrebatarán su sombra, para mantenerlo vivo, de la sombra de la noche.

Rascaninagua puso la mano en el hombro de Chitanam:

—En cambio, el amigo es de tono vegetal y le entrego el talismán agua verde, sangre de árbol, en este trozo de raíz de ceiba, para que navegue, después de muerto, en la sangre verde de la tierra, y vuelva cuando quiera a su forma corporal. Es por virtud de mis talismanes que los Matachines seguirán vivos en lo más íntimo de sus sustancias, piedra será Tamachín, árbol será Chitanam.

—¡Vengan los talismanes! —gritaron esperanzados y exigentes los Matachines.

—Pero, para llegar a ser indestructibles y salvarse de la nada usando una energía rudimentaria, más fuerte, sin embargo, que el instinto de conservación y el nahual o animal protector, deben evitar ser heridos en su forma mineral y vegetal, buscar lo más profundo de las selvas y los barrancos, para que nadie los toque, no separarse nunca y jurar que su sangre es la última que se derrama en Machitán.

—¡Por la Gran Atup que así será! —juraron los Matachines al recibir los talismanes y desaparecer Telele y Rascaninagua, a quien dieron en pago a su secreto de supervivencia, las manos muertas y enjoyadas de la Pita-Loca.

La plaza de Machitán negreaba de cabezas humanas. El desafío de los desafíos. Las torres y el frente de la iglesia, las ventanas y los techos de las casas, los árboles, todo era una sola cabeza. Los vecinos principales asomados a sus balcones. En las esquinas, hombres a caballo con espuelas que sonaban a lluvia dormida. A lo largo de las aceras, piñas de comerciantes que ofrecían refrescos, comidas, cocos de agua, dulces, frutas y baratijas.

Silencio expectante, más bien expectorante. Todos, a pesar del momento que se vivía, tosían, gargajeaban...

Salieron a la plaza los Matachines seguidos de comparsas abúlicas que llevaban esqueletos de culebras, gallos degollados, cueros de tigrillos, jaulas de hilos con pajarillos minúsculos, pieles de oveja, aves hipantes, cascabeles de serpientes, cuchillos de sacrificio con la forma del Árbol de la Vida y afilados por la risa de Tohil, afilador de obsidianas, calaveras pintadas de colores, azules, verdes, amarillas, cornamentas de venados...

Los Matachines ocuparon los lugares que los machetes arrojados al aire les señalaron, al caer de punta y clavarse en la tierra, y sin más esperar se alzó la voz de Chitanam. Pedía que le dieran por ataúd el árbol hueco que ahora sonaba con cien lenguas de madera. Dormir su último sueño en un tun. Que un tun fuera su tumba, su tumba retumbante.

Luego habló Tamachín. Pedía que lo enterraran en una piedra cavada a su tamaño y, sin decir más, empezó su última danza de pies y pies y pies...

¡Chin-chin-chin... Matachín-chin-chin...!, pies y pies y pies... lluvia de pies y pies y pies...

¡Tamachín-chin-chin... chin-chin Tamachín... Tamachín-chin... Tamachín!

¡Tam-tam-tam... Chitanam-tam-tam...! —empezó Chitanam su última danza, su llueve pies y pies y pies... Antes gritó su proclama, los machetes al aire como peces de sol: no iban al encuentro de la muerte, sino de la bella de Machitán... pies y pies y pies... lluvia de pies y pies y pies...

No se hizo esperar la proclama de Tamachín:

¡Un nudo de amor de tres, no se puede desatar...! En el eco se oía: ...no se puede desandar...!

¡Es lo que pasa, Chitanam, cuando nacen dos hombres para una mujer!

¡Es lo que pasa, Tamachín, cuando nacen dos hombres para una mujer!

144

Pies y pies y pies... pies y pies y pies... lluvia de pies y pies y pies... golpe... quite... golpe... quite... chocando los machetes... plin... plan... golpe de Chitanam... plan... plin... golpe de Tamachín... plan... plin... plan... quite y golpe de Chitanam... plin... plan... plin... golpe y quite de Tamachín... los machetes chocando... pies y pies y pies... lluvia de pies y pies y pies... plin... plan... golpe de Machitán... plan... plin... quite de matachín... golpe... quite... golpe... quite... sin herirse para prolongar la danza... el llueve pies agónico... pies y pies y pies... pies y pies y pies... no hay quite sin quite... no hay golpe sin golpe... plan... plan... al quite... al quite, Chitaman... al golpe, Tamachín, al golpe, al golpe, al golpe, Chitanam... al quite, al quite, al quite, Tamachín... pies y pies y pies... pies y pies y pies... piesip... es... piesip... es... tambaleantes... heridos de muerte... un puntazo al corazón... por la tetilla...

Trapos ensangrentados... nada más sus camisas... nada más sus pantalones... sus fajas coloradas... sus caites... sus sombreros...

Eso se enterró... sus trapos... no sus cuerpos... se hicieron invisibles...

Sus trapos ensangrentados y sus machetes, en un árbol resonante y en una roca de gesto doloroso...

Días, meses, años... Chitanam transformado en un caobo inmenso y Tamachín convertido en una montaña, se reconocieron:

—¡Tam-tam, Chitanam!
—¡Chin-chin, Tamachín!
—¡Tam-tam, harás uso de tu talismán?
—¡Chin-chin, Tamachín hará uso de su talismán!
—¡Tam-tam, volverás a Machitán?
—¡Chin-chin, volveremos, Matachín!

Un machetazo rasgó el cielo de miel negra. Heridos caobo y peñasco por el rayo, no pudieron hacer uso de sus talismanes, volver a ser los Matachines de Machitán. Lluvia fermentada. Ebriedad

145

de la tierra. Los ríos borrachos de equis en equis zigzagueantes. Los árboles bamboleándose borrachos. La ebriedad del mineral es el vegetal. Los minerales son vegetales borrachos. La borrachera del vegetal es el animal. Los animales son vegetales alucinados, delirantes...

Rascaninagua, seguido del mono que lucía sobre su pecho peludo las manos enjoyadas de la Pita-Loca, asomó con el cuerpo intacto de aquella que en vida tuvo oídos rumorosos de ayeres, labios de brasas que ardían en presente y ojos de adivinaciones futuras.

La traía en brazos. Pesaba menos que el humo, menos que el agua, menos que el aire, menos que el sueño.

Un ataúd de caoba. Un peñasco de sangre. El nudo de las tres vidas.

Porque sueño con los ojos abiertos creen que yo sé cosas...

¡Astros materiales, se deshojó la noche del destino!

este libro se terminó de imprimir
el día 30 de noviembre de 1967
en los talleres de litoarte, s. de r. l.
ferrocarril de cuernavaca 683
méxico 17, d. f.
se imprimieron 6 000 ejemplares
que se encuadernaron en
encuadernación técnica editorial, s. a.